Cuadernos del Acantilado, 119
«LUCERNA» Y «ALBERT»

LEV TOLSTÓI

«LUCERNA» Y «ALBERT»

TRADUCCIÓN DEL RUSO
DE SELMA ANCIRA

BARCELONA 2024 ACANTILADO

TÍTULO ORIGINAL *Люцерн*
Альберт

Publicado por
ACANTILADO
Quaderns Crema, S. A.

Muntaner, 462 - 08006 Barcelona
Tel. 934 144 906
correo@acantilado.es
www.acantilado.es

En la cubierta, *Campanadas al atardecer* (1892), de Isaak Levitán

ISBN: 978-84-19036-84-1
DEPÓSITO LEGAL: B. 21 742-2023

AIGUADEVIDRE *Gráfica*
QUADERNS CREMA *Composición*
ROMANYÀ-VALLS *Impresión y encuadernación*

PRIMERA EDICIÓN *enero de 2024*

CONTENIDO

Lucerna

7

Albert

57

Notas de la traductora

III

LUCERNA

DE LAS NOTAS DEL
PRÍNCIPE D. NEJLIÚDOV

8 de julio

Ayer por la tarde llegué a Lucerna y me alojé en el mejor hotel del lugar, el Schweizerhof.

«Lucerna, antigua ciudad cantonal que yace a las orillas del lago de los cuatro cantones —escribe la guía Murray—,[1] es uno de los lugares más románticos de Suiza; en ella se cruzan tres caminos importantes, y a una sola hora de viaje en barco se encuentra el monte Rigi, desde donde se abre uno de los panoramas más bellos del mundo».

Cierto o no, otras guías dicen lo mismo, y por eso a Lucerna llegan infinidad de viajeros de todas las nacionalidades, pero sobre todo ingleses.

El suntuoso edificio de cinco plantas del Schweizerhof fue construido recientemente en el malecón, junto al lago, en el lugar mismo donde antaño se encontraba un viejo puente de madera, cubierto, sinuoso, con capillas en los extremos e imágenes sagradas en los cabrios. Ahora, gracias a la llegada masiva de los ingleses, a sus necesidades, sus gustos y su dinero, el viejo puente ha sido demolido y en su lugar han levantado un malecón de piedra, derecho como un palo. Sobre el malecón edificaron casas rectangulares de cinco plantas, frente a las cuales colocaron dos hileras de jóvenes tilos, los apuntalaron y, entre ellos, como debe ser, pusieron bancos de color verde. Esto es lo que se llama «el paseo». Y es ahí por donde pasean arriba y abajo las inglesas con sombreros de paja suizos y los ingleses con trajes resistentes y cómodos, disfrutando de lo que han creado. Puede ser que esos malecones y esas casas, esos tilos y esos ingleses queden bien en otro lugar, pero desde luego no aquí, en medio de esta naturaleza extrañamente grandiosa y al mismo tiempo indeciblemente armónica y delicada.

Cuando entré en mi habitación y abrí la ventana que daba al lago, en un primer momento me quedé literalmente enceguecido y conmocionado por la belleza de esa agua, de esas montañas y de ese cielo. Sentía en mí la inquietud interna y la necesidad de expresar de algún modo la abundancia de ese algo que de pronto desbordaba mi alma. En ese momento tenía ganas de abrazar a alguien, de estrecharlo entre los brazos con todas mis fuerzas, de hacerle cosquillas, de pellizcarlo; en fin, de hacerle y hacerme a mí mismo algo excepcional.

Eran más de las seis de la tarde. Había llovido todo el día y el cielo comenzaba a despejarse. Azul como azufre incandescente, el lago, constelado de barcas cuyas estelas se desvanecían, se extendía inmóvil, liso, como en relieve frente a mis ventanas, enmarcado por diversas orillas verdes; se alejaba estrechándose entre dos grandes relieves y, oscureciéndose, se internaba y desaparecía entre los valles amontonados unos sobre otros, las montañas, las nubes y los glaciares. En primer plano, las húmedas riberas verde claro, con sus juncos, sus prados, sus jardines y sus villas; más allá, los boscosos relieves verde oscuro con las ruinas de sus castillos; en la lejanía, como arrugado, el blanco violáceo del fondo montañoso con sus caprichosas y abruptas cumbres cubiertas de una nieve blanco mate. Y todo esto inundado del azul tierno y transparente del aire e iluminado por los cálidos rayos del atardecer, que se abrían paso rasgando el cielo. Ni en el lago, ni en las montañas, ni en el cielo había una sola línea continua, un solo color uniforme, un solo momento igual a otro; por doquier, el movimiento, la asimetría, el capricho, la mezcla infinita y la variedad de las sombras y de las líneas, y, en todo, la calma, la suavidad, la unidad y la necesidad de lo bello. Y ahí, en medio de esa belleza indefinida, desordenada y libre, justamente frente a mi ventana, de manera tonta y artificiosa, destacaban el palo blanco del malecón, los jóvenes tilos con sus puntales y los bancos verdes, míseras y ramplonas creaciones humanas que, a diferencia de las villas y de las ruinas lejanas, no se fundían con la armonía generalizada de la belleza, al contrario, le eran toscamente opuestas. Sin que yo así lo quisiera, mi mirada chocaba de continuo con esa línea terriblemente recta del malecón, y yo, en mi mente, quería apartarla, eliminarla como a una mancha negra que se tiene en la nariz justo debajo de los ojos; pero el malecón con sus paseantes ingleses continuaba ahí, y yo, instintivamente, intentaba encontrar un punto desde donde pudiese mirar sin verlo. Acabé lográndolo, y hasta la hora de la comida disfruté solo conmigo mismo de ese sentimiento imperfecto pero dulcemente punzante que uno experimenta cuando contempla en soledad la hermosura de la naturaleza.

A las siete y media me llamaron para la cena.

En la planta baja, en una sala grande y espléndidamente decorada, se habían dispuesto dos largas mesas para por lo menos cien personas. El silencioso movimiento de los huéspedes que iban llegando duró alrededor de tres minutos: el frufrú de los vestidos de las mujeres, los pasos ligeros, los intercambios de palabras, siempre en voz muy baja, con amabilísimos y elegantísimos camareros. Todos los sitios fueron ocupados por hombres y mujeres de una pulcritud impecable, vestidos con gran belleza, incluso elegancia. Como es habitual en Suiza, la mayoría de los huéspedes eran ingleses, y por lo tanto los rasgos principales de la mesa común eran: una decencia severa, erigida en ley; una falta absoluta de comunicación basada no en el orgullo, sino en la nula necesidad de acercamiento y en el goce solitario que procura la satisfacción cómoda y agradable de las propias necesidades.

Por todas partes brillan blanquísimos encajes, blanquísimos cuellos almidonados, blanquísimos dientes naturales y postizos, blanquísimos rostros y manos. Pero los rostros, muchos de los cuales son bellos, sólo expresan la conciencia de su propio bienestar y una falta absoluta de atención en lo que los rodea si no está en relación directa con su persona; y las blanquísimas manos, con sus sortijas y sus mitones, no se mueven sino para arreglarse los cuellos, cortar la carne o llenar una copa de vino: en sus movimientos no se refleja una sola emoción del alma. De tanto en tanto una familia intercambia algunas palabras en voz baja sobre el agradable sabor de algún plato o de un vino y sobre la belleza de la vista que se tiene desde el monte Rigi. Los solitarios viajeros y viajeras están sentados uno al lado del otro, solos, en silencio, sin intercambiar siquiera una mirada. Si en algún momento, de esas cien personas, hay dos que conversan, seguramente es sobre el tiempo que hace y la ascensión al monte Rigi. Los cuchillos y los tenedores van y vienen sin hacer ruido en los platos, las viandas se sirven en pequeñas porciones, los guisantes y las verduras se comen infaliblemente con el tenedor. Los camareros, sometiéndose maquinalmente al mutismo general, preguntan en voz muy baja: «¿Qué vino desea?». Esas comidas siempre me provocan una sensación de opresión, de desagrado y, finalmente, de tristeza. Siempre tengo la impresión de haber hecho algo mal, de estar siendo castigado, como en la infancia, cuando por alguna travesura me obligaban a quedarme sentado en mi silla y me decían con sarcasmo: «¡Descansa, querido!», al tiempo que mi sangre juvenil hervía en mis venas y en la habitación contigua se oían los alegres gritos de mis hermanos. Yo, antes, intentaba rebelarme contra la sensación de opresión que me producían esas comidas, pero era en vano. Todos esos rostros sin vida tienen en mí un efecto invencible, de modo que yo mismo me transformo en un muerto como ellos. No quiero nada, no pienso, ni siquiera observo. De entrada, traté de entablar conversación con mis vecinos, pero aparte de frases que, claramente, habían sido dichas cien mil veces en ese lugar y cien mil veces con la misma cara, no obtuve más respuesta. Y todas esas personas no eran ni tontas ni insensibles, y lo más probable es que muchos de esos gélidos individuos tuvieran una vida interior como la mía, y algunos incluso más compleja e interesante. Entonces, ¿por qué se privan de uno de los mayores placeres de la existencia, el de disfrutar de estar juntos, disfrutar de la compañía humana?

¡Qué diferencia con nuestra pensión parisina, donde una veintena de representantes de las más diversas naciones, profesiones y modos de ser, bajo la influencia del temperamento comunicativo de los franceses, convergíamos en la mesa común dispuestos a pasar un buen rato! Ahí, de un extremo al otro de la mesa, todos participábamos de la conversación salpimentada de bromas y calambures, aunque a menudo en un francés chapurreado. Ahí, cualquiera, sin preocuparse de cómo sonaría, soltaba lo que le pasaba por la cabeza; teníamos a nuestro filósofo, nuestro polemista, nuestro *bel esprit* y uno del que nos burlábamos, todo era común. Ahí, apenas terminada la comida, apartábamos la mesa y, llevando o no el compás, nos poníamos a bailar la polka sobre la polvorienta alfombra hasta que caía la noche. Ahí, aun si éramos coquetos y no demasiado inteligentes ni delicados, éramos personas. Entre todos nosotros, la condesa española con sus aventuras novelescas, el abate italiano que declamaba la *Divina comedia* después de la comida, y el doctor americano que tenía acceso a las Tullerías, y el joven dramaturgo de pelo largo, y la pianista que había compuesto, según decía, la mejor polka del mundo, y la bella y desdichada viuda con tres sortijas en cada dedo, se habían entablado relaciones humanas que, aun siendo superficiales, eran de mutua simpatía. Nos separamos llevando, unos de otros,

14

quien recuerdos agradables, y quien recuerdos incluso sinceramente cordiales. En cambio, en las *table d'hôte* inglesas, al ver todos esos encajes, cintas, sortijas, cabellos engominados y vestidos de seda, con frecuencia pienso: ¿cuántas mujeres vivas habrán sido felices y habrán hecho felices a otros con esta indumentaria? Es curioso pensar en cuántas personas de las que están aquí sentadas, unas al lado de las otras, podrían llegar a ser amigos y amantes, quizá los amigos y amantes más dichosos, y no lo saben. Y sabe Dios por qué no lo sabrán jamás ni se darán jamás los unos a los otros esa felicidad que tan fácilmente pueden dar y tanto anhelan.

Me embargó la tristeza, como siempre después de esas comidas, y, sin haberme terminado el postre y en un estado de ánimo deplorable, salí a deambular por la ciudad. Las callejuelas estrechas y sucias, sin iluminación, las tiendas cerradas, los encuentros con obreros ebrios y mujeres que iban a buscar agua o, tocadas con sombreros, se deslizaban por los callejones rasando las paredes y mirando siempre alrededor no sólo no disiparon, sino que acentuaron mi mustio estado de ánimo. Ya reinaba la oscuridad en las calles cuando, sin mirar alrededor, con la cabeza vacía, me dirigí al hotel esperando que el sueño me ayudase a librarme de mi lúgubre disposición anímica. Sentía mi alma pesada, invadida por una terrible sensación de frío y de soledad, como a veces sucede sin una razón aparente cuando uno llega a un lugar nuevo.

Yo, con la vista en el suelo, iba por el malecón rumbo al Schweizerhof cuando de pronto me sorprendieron los sonidos de una música extraña pero sumamente dulce y grata. Aquellos sonidos de inmediato tuvieron un efecto vivificante en mí. Como si una luz resplandeciente y alegre hubiese penetrado en mi alma. Comencé a sentirme bien, contento. Mi aletargada atención de nuevo empezó a interesarse por todas las cosas que me rodeaban. Y tanto la belleza de la noche como la del lago, a las que antes había permanecido indiferente, de pronto ahora, como si de una novedad se tratase, me sorprendieron de forma muy agradable. Sin yo buscarlo, en un instante, reparé en el cielo encapotado, rayado de manchones grises sobre el fondo azul oscuro que la luna en ascensión iluminaba; en la superficie lisa del lago verde oscuro con todas las lucecitas que en él se reflejaban, y, en la lejanía, en las montañas neblinosas y los gritos de las ranas del lado de Fröschenburg, así como en el reciente silbido de las codornices que, salpicado de rocío, llegaba desde la otra orilla. Justo delante de mí, en el lugar de donde provenían los sonidos y hacia donde sobre todo dirigía mi atención, vi en medio de la penumbra, en mitad de la calle, a un gentío congregado en semicírculo y, frente al gentío, a cierta distancia, a un hombre diminuto vestido de negro. Detrás del gentío y del hombrecito, sobre el fondo azul oscuro y gris de los rayones del cielo, se distinguían armoniosos algunos chopos negros del jardín y, a ambos lados de la vieja iglesia, se elevaban majestuosas las dos severas agujas de las torres.

Me acerqué, los sonidos se hicieron más nítidos. Distinguía claramente los acordes lejanos de una guitarra, que se mecían dulcemente en el aire vespertino, y algunas voces que, interrumpiéndose unas a otras, no cantaban la melodía, sino que, entonando aquí y allá los pasajes más expresivos, la sugerían. La melodía hacía pensar en una mazurca graciosa, bonita. Las voces parecían ora cercanas, ora lejanas; de pronto se oía un tenor, de pronto un bajo o un falsete realizando arrulladoras subidas y bajadas con la voz. No era una canción, sino el esbozo brillante y ligero de una canción. No lograba entender qué era, pero era muy hermoso. Todo resultaba extraño: aquellos voluptuosos y lánguidos acordes de guitarra, aquella melodía dulce y ligera y aquella pequeña figura solitaria del hombrecito vestido de negro en medio del quimérico escenario del lago oscuro, con la luna asomando por entre las nubes, las dos inmensas agujas de las torres elevándose en silencio y los negros chopos del jardín; todo era extraño, pero de una belleza indecible, o a mí así me lo pareció.

Las impresiones involuntarias y enmarañadas de la vida alrededor adquirieron para mí, de pronto, sentido y encanto. Fue como si en mi alma hubiese brotado una florecita fresca y fragante. En vez de la fatiga, la distracción y la indiferencia por todo en el mundo, experimentada el minuto previo, de pronto me embargó la necesidad de amar, me sentía lleno de esperanza y de una inmotivada alegría de vivir. «¿Qué más se puede desear? ¿Qué más se puede pedir?—me dijo de pronto una voz interior—. Helas aquí. Por todos lados estás rodeado de belleza y de poesía. Aspíralas a grandes y profundas bocanadas, con todas las fuerzas que tengas, disfrútalas. ¿¡Qué más se necesita!? Todo es tuyo, todo es bueno…».

Me acerqué más. El hombrecito parecía ser un vagabundo tirolés. Estaba delante de las ventanas del hotel, con una pierna adelantada, la cabeza echada hacia atrás y, rasgueando la guitarra, cantaba con distintas voces su graciosa canción. De inmediato sentí ternura por ese hombre y agradecimiento por la sacudida que había producido en mí. El cantante, hasta donde pude ver, iba vestido con una vieja levita negra, tenía el cabello negro, corto, y en la cabeza llevaba una gorra barata, tan sencilla como vieja. En su indumentaria no había nada artístico, pero su gallarda postura, infantilmente jovial, y los movimientos de su minúscula figura ofrecían un espectáculo enternecedor y divertido a la vez. En la entrada, en las ventanas y en los balcones del hotel espléndidamente iluminado brillaban por sus atuendos las damas con amplias faldas y los caballeros con falsos cuellos inmaculados. El portero y un lacayo, con libreas bordadas en oro, estaban en la calle. Y en el semicírculo que formaba el gentío y más lejos aún, a lo largo del bulevar, entre los tilos, había camareros elegantemente vestidos, cocineros con blanquísimos gorros y delantales, muchachas tomadas del brazo y algunos transeúntes. Parecía que todos experimentaran el mismo sentimiento que yo. Todos rodeaban en silencio al cantante y escuchaban atentos. Todo callaba, sólo en los intervalos de la canción se oía, traído por el agua, el rumor lejano y uniforme de un martillo, y del lado de Fröschenburg, como trino desmenuzado, llegaban las voces de las ranas, interrumpidas por el húmedo y monótono silbido de las codornices.

En la oscuridad y en medio de la calle, el hombrecito cantaba como un ruiseñor copla tras copla y canción tras canción. Aunque me había acercado ya mucho a él, su canto continuaba procurándome un gran placer. Su pequeña voz era inmensamente grata; la dulzura, el gusto y el sentido de la medida con que la dominaba eran extraordinarios y revelaban un enorme don natural. Siempre cantaba el estribillo de cada copla de una manera distinta, y se veía que todas estas graciosas variaciones le llegaban al instante y libremente.

Entre la multitud, tanto arriba en el Schweizerhof como abajo en el bulevar, a menudo se oía un susurro de aprobación y reinaba un silencio respetuoso. En los balcones y en las ventanas, iluminados por la luz de las farolas, cada vez había más hombres y mujeres bien vestidos, acodados en conjuntos pintorescos y dispares. Los paseantes se detenían, y en la oscuridad del malecón, al pie de los tilos, había nutridos grupos de personas. A mi lado, fumando cigarros, un poco apartados del gentío, estaban un cocinero y un lacayo de porte aristocrático. El cocinero sentía vivamente el encanto de la música y, con cada nota del falsete particularmente alta, dirigía al lacayo un gesto de admirativa perplejidad con la cabeza entera y le daba codazos como queriendo decir: «¿¡Cómo canta, eh!?». El lacayo, por la sonrisa que había aflorado en su rostro y que expresaba la inmensa satisfacción que sentía, contestaba a los codazos del cocinero alzando los hombros, como para decir que sorprenderlo a él era bastante difícil y que había escuchado cosas mucho mejores.

Aproveché un momento en que el cantante se aclaraba la garganta para preguntarle al lacayo quién era aquel hombre y si a menudo venía por aquí.

—Bueno, a lo largo del verano suele venir un par de veces—respondió el lacayo—, es de Argovia. Vive así, en la miseria.

—¿Y vienen muchos como él?—pregunté.

—Sí, sí—respondió el lacayo, que no había

entendido de entrada mi pregunta; pero cuando la entendió, agregó—: ¡Oh, no! Aquí sólo lo veo a él. No viene nadie más.

En ese momento el hombrecito terminó su primera canción. Con un rápido movimiento dio un giro a su guitarra y dijo algo sobre sí mismo en alemán *patois*, que yo no entendí pero que suscitó la risa en el gentío que lo rodeaba.

—¿Qué dice?—pregunté.

—Dice que se le ha secado la garganta y que se tomaría un vinito—me tradujo el lacayo que estaba a mi lado.

—¿O sea que le gusta beber?

—Todos son así—respondió el lacayo, sonriendo y haciendo un gesto displicente con la mano.

El cantante se quitó la gorra y, agitando la guitarra, se acercó al hotel. Levantó la cabeza y se dirigió a los señores que estaban en las ventanas y los balcones: «*Messieurs et mesdames*—dijo con un acento mitad italiano y mitad alemán, y con las entonaciones de un prestidigitador cuando se dirige a su público—, *si vous croyez que je gagne quelque chose, vous vous trompez; je ne suis qu'un bauvre tiaple*» ['Si ustedes creen que gano algo, se equivocan; no soy más que un pobre diablo'].

Se detuvo, guardó silencio un momento; pero como nadie le dio nada, alzó de nuevo la guitarra y dijo: «*A présent, messieurs et mesdames, je vous chanterai l'air du Righi*» ['Y ahora, señores y señoras, les voy a cantar la canción del Rigi'].

Arriba el público callaba, pero continuaba de pie en espera de la siguiente canción. Abajo, entre el gentío, se oían risas, seguramente debidas a la extraña pronunciación y al hecho de que nadie le hubiera dado nada. Yo le di unos cuantos céntimos, él los pasó hábilmente de una mano a la otra, se los metió en un bolsillo del chaleco y, una vez que se puso la gorra, comenzó de nuevo a cantar la bonita y graciosa cancioncilla tirolesa que él llamaba *l'air du Righi*. Esta canción, que había dejado para el final, era todavía mejor que las precedentes y, por todos lados en medio del gentío que había aumentado, se oían murmullos de aprobación. Terminó. De nuevo levantó la guitarra, se quitó la gorra, la puso delante de él, se acercó un par de pasos a las ventanas y repitió su confusa frase, «*Messieurs et mesdames, si vous croyez que je gagne quelque chose*», que evidentemente consideraba muy inteligente e ingeniosa, pero en su voz y sus movimientos noté ahora algo de indecisión y una timidez infantil que, dada su baja estatura, resultaban especialmente llamativas. El elegante público, que resplandecía gracias a su rica vestimenta, seguía acodado de forma pintoresca a la luz de las lámparas en los balcones y en las ventanas; algunos, bajando la voz por educación, conversaban entre ellos, hablando evidentemente del cantante que tenían enfrente con la mano extendida; otros dirigían sus miradas atentas y curiosas hacia abajo, hacia la figurita negra; en un balcón se oyó la carcajada sonora y alegre de una muchacha joven. Entre el gentío de abajo, el murmullo de voces y risas se oía cada vez más fuerte. El cantante repitió su frase por tercera vez, pero con una voz todavía más débil, y sin haberla terminado siquiera volvió a extender el brazo con la gorra, pero enseguida lo bajó. Y por segunda vez, de ese centenar de personas suntuosamente vestidas que se habían agolpado para escucharlo, no hubo una que le lanzara un kopek. La multitud reía inclemente. El pequeño cantante, según me pareció, se hizo más pequeño todavía, tomó la guitarra con la otra mano, alzó la gorra por encima de la cabeza y dijo: «*Messieurs et mesdames, je vous remercie et je vous souhaite une bonne nuit*» ['Señores y señoras, les doy las gracias y les deseo buenas

noches'], y se puso la gorra. La muchedumbre
estalló en alegres carcajadas. Los bellos señores
y las bellas damas comenzaron poco a poco a re-
tirarse de los balcones, conversando tranquila-
mente entre ellos. En el bulevar se reanudó el paseo. Silenciosa durante el canto, la calle se animó
de nuevo. Sólo algunas personas, sin acercárse-
le, miraban de lejos al cantante y se reían. Yo oí
al hombrecito murmurar algo entre dientes, luego se volvió y, dando la impresión de haberse hecho aún más pequeño, con pasos rápidos se dirigió a la ciudad. Los alegres paseantes que lo habían visto lo seguían a cierta distancia y reían…

Me sentí muy confundido, no lograba entender qué significaba todo aquello. Permanecí inmóvil, mirando estúpidamente en la oscuridad
tanto al diminuto hombrecito que, dando grandes pasos, se dirigía veloz hacia la ciudad como a
los joviales paseantes que lo seguían. Sentí dolor,
amargura y sobre todo vergüenza por el hombrecito, por la muchedumbre, por mí; como si
el dinero lo hubiera pedido yo y no me hubieran
dado nada y encima se rieran de mí. Yo también,
sin mirar atrás, con el corazón compungido, me
dirigí con paso rápido al porche del Schweizerhof. No era consciente de lo que me estaba ocu-

rriendo; sólo sentía que algo pesado, algo sin resolver me llenaba el alma y me oprimía.

En el vestíbulo lujoso y bien iluminado del hotel me encontré con el portero, que se apartó cortésmente, y con una familia inglesa. Un hombre robusto, alto y apuesto, con negras patillas a la inglesa, sombrero negro, una manta de viaje en el brazo y un elegante y rico bastón en la mano, caminaba con paso indolente pero seguro del brazo de una dama ataviada con un horrendo vestido de seda y una toca con cintas brillantes y esplendorosos encajes. A su lado iba una jovencita lozana y bonita con un gracioso sombrero de paja suiza adornado con una pluma *à la mousquetaire* ['de mosquetero'] de debajo del cual caían, alrededor de su carita blanca, unos sedosos y largos bucles de un rubio claro. Delante de ellos iba dando saltitos una niña que no tendría más de diez años, con las mejillas encendidas y las rodillitas blancas y rollizas asomando por debajo de los muy finos encajes.

—Qué bella noche—dijo la dama con una voz suave y plena de dicha en el momento en que yo pasaba a su lado.

—*Ohe!*—mugió perezosamente el inglés, a quien por lo visto le iba tan bien en la vida que ya ni de hablar tenía ganas. Y parecía que para todos ellos fuera fácil, cómodo, sereno y desahogado vivir en este mundo; sus movimientos y sus rostros expresaban una indiferencia tan grande por la existencia de los otros y una certeza tan absoluta de que el portero les cedería el paso y se inclinaría frente a ellos y de que al volver encontrarían sus camas y sus habitaciones limpias y en paz, y de que así debía ser y que estaban en su derecho de que así fuera, que de pronto yo, involuntariamente, los comparé con el artista ambulante que cansado, quizá hambriento, ahora huía avergonzado de la turba que se reía de él, y entendí qué era lo que me oprimía el corazón como una piedra pesada y sentí una cólera indecible contra esa gente. Un par de veces pasé junto al inglés, y en ambas ocasiones, con un placer indecible, en vez de cederle el paso se lo impedí, dándole un empujón con el codo; luego salí del vestíbulo, bajé y eché a correr en la oscuridad en dirección a la ciudad, donde había desaparecido el hombrecito.

Alcancé a tres personas que iban juntas y les pregunté dónde estaba el cantante; ellos, riendo, me lo señalaron un poco más adelante. Iba solo, con pasos rápidos, nadie se acercaba a él. Tuve la impresión de que seguía farfullando enfadado alguna cosa. Lo alcancé y le propuse que fuéramos juntos a algún lugar a tomarnos una botella de vino. Siguió caminando al mismo paso rápido y me lanzó una mirada hosca. Pero, al darse cuenta de lo que se trataba, se detuvo.

—Bueno, no le diré que no, ya que es usted tan amable—dijo—. Aquí mismo hay un pequeño café, podemos ir, es un sitio sencillito—añadió, señalando una taberna que aún estaba abierta.

Cuando él dijo «sencillito», yo sin querer pensé en no ir a un café sencillo, sino al Schweizerhof, donde estaba la gente que lo había escuchado. Pese a que varias veces él, con una tímida emoción, se negó a ir al hotel diciendo que aquello era demasiado suntuoso, yo insistí, y él, fingiendo no sentirse en absoluto confuso y agitando su guitarra con alegría, volvió conmigo a lo largo del malecón. Algunos paseantes ociosos, apenas me acerqué al cantante, se aproximaron para oír lo que le decía, y luego, parloteando entre ellos, nos siguieron hasta la entrada misma del hotel, sin duda esperando del tirolés algún nuevo número.

Le pedí una botella de vino al camarero con el que me crucé en el vestíbulo. Éste, sonriendo, nos miró y, sin decir palabra, pasó de largo. El maestresala, al que me dirigí con la misma petición, me escuchó con un aire serio y, mirando de pies a cabeza el pequeño y tímido porte del cantante, dijo con severidad al portero que nos condujera a la sala de la izquierda. La sala de la izquierda era un bodegón para gente del pueblo. En una esquina de dicha sala una criada jorobada estaba fregando la vajilla y todo el mobiliario consistía en desnudas mesas de madera y bancas. El camarero, que vino para atendernos, nos miró con una sonrisa sumisa y socarrona y, metiendo las manos en los bolsillos, cruzó algunas palabras con la fregona jorobada. Por lo visto, se esforzaba por darnos a entender que, sintiéndose por su posición social y por sus méritos infinitamente superior al cantante, para él servirnos no sólo no era humillante, sino que le resultaba en verdad divertido.

—¿Desean un vino ordinario?—preguntó con aire de entendido, haciéndome un guiño que iba dirigido a mi interlocutor, y pasándose la servilleta de un brazo al otro.

—Tráiganos champán, el mejor—dije yo, haciendo un esfuerzo por adquirir el aspecto más arrogante y más majestuoso posible. Pero ni el champán ni mi aspecto, que pretendía ser arrogante y majestuoso, hicieron efecto en el camarero. Éste sonrió, se quedó un momento observándonos, miró sin prisa ninguna su reloj de oro y salió de la pieza a pasos lentos, como si estuviera de paseo. No tardó en volver con el champán y otros dos camareros. Dos de ellos se sentaron al lado de la mujer que fregaba los platos y con una jocosa atención y una sonrisa sumisa se dedicaron a contemplarnos, como los padres que contemplan a sus dulces hijos cuando juegan. Sólo la fregona jorobada parecía mirarnos con piedad y sin sorna. Aunque me resultaba incómodo y muy difícil conversar con el cantante y ofrecerle de beber bajo el fuego de las miradas de los lacayos, intentaba hacerlo con la mayor soltura posible. Con la luz, lo vi mejor. Aunque bien proporcionado y musculoso, era un hombre con un cuerpo pequeñísimo, casi un enano; negros cabellos hirsutos, grandes ojos negros siempre lacrimosos, sin pestañas, y una boca pequeña, de trazo delicado, extremadamente agradable. Llevaba patillas cortas y el pelo no muy largo, su ropa era la más sencilla y pobre. Estaba sucio, andrajoso y bronceado y, en general, daba la impresión de ser un trabajador. Parecía más un buhonero que un artista. Sólo en sus ojos constantemente húmedos y brillantes y en su boquita fruncida había algo original y conmovedor. A bulto se le podían dar de veinticinco a cuarenta años; en realidad, tenía treinta y ocho.

He aquí lo que me contó de su vida con cándida buena voluntad y una sinceridad evidente. Era natural de Argovia. Siendo niño había perdido a su padre y a su madre, y no tenía más parientes. Jamás había poseído bien ninguno. Había aprendido el oficio de carpintero, pero hacía veintidós años había padecido osteomielitis en un brazo, lo que le impidió seguir trabajando. Desde niño se había sentido atraído por el canto y comenzó a cantar. De vez en cuando los extranjeros le daban algo de dinero. Hizo de esto su profesión, se compró una guitarra y desde hacía más de diecisiete años recorría Suiza e Italia cantando para los huéspedes de los hoteles. Su equipaje se reducía a la guitarra y a un monedero en el que ahora sólo tenía un franco y medio, que esa misma noche tendría que gastar en comer y dormir.

Cada año, desde hace ya dieciocho, recorre los lugares más bellos y más visitados de Suiza: Zúrich, Lucerna, Interlaken, Chamonix, etcétera. Llega a Italia por el paso de San Bernardo y regresa por el de San Gotardo o por la Savoya. Comienza a tener dificultades para caminar, porque a consecuencia de un resfriado siente que el dolor en las piernas, ese que él llama *Gliedersucht* ['reumatismo'], se intensifica año con año, y sus ojos y su voz se vuelven cada vez más débiles. No obstante, ahora irá a Interlaken, a Aixles-Bains y, a través del Pequeño San Bernardo, a Italia, que ama especialmente. En general, da la impresión de sentirse muy contento con su vida. Cuando le pregunté por qué volvía a su pueblo, si allá tenía parientes o una casa o un terreno, plegó su pequeña boca con una alegre sonrisa y me respondió:

—*Oui, le sucre est bon, il est doux pour les enfants!* ['¡Sí, el azúcar es bueno, es dulce para los niños!']. —Y les guiñó un ojo a los lacayos.

Yo no entendí nada, pero en el grupo de lacayos esto suscitó risas.

—No tengo nada. Si tuviera, ¿usted cree que andaría de un lado para otro?—me explicó—, pero vuelvo a casa porque, comoquiera que sea, uno quiere volver al lugar donde nació.

Y una vez más, con una sonrisa llena de picardía y autocomplacencia, repitió la frase «*Oui, le sucre est bon*», y rio bondadosamente. Los lacayos estaban muy contentos y reían a carcajadas; sólo la fregona jorobada, con sus grandes ojos llenos de bondad, miraba seria al hombrecito y recogió la gorra que él, al hilo de la conversación, había dejado caer en el banco. Yo había notado que a los cantantes ambulantes, a los acróbatas, incluso a los prestidigitadores les gusta decir de sí mismos que son artistas, y por eso varias veces le había insinuado a mi interlocutor que era un artista, pero él no se reconocía como tal, sino que miraba su quehacer de la manera más simple, como un medio de ganarse la vida. Cuando le pregunté si él componía las canciones que cantaba, le sorprendió esa pregunta tan extraña y respondió que no, que para él era impensable, que todas eran antiguas canciones tirolesas.

—¿Y la canción del Rigi? No me dio la impresión de que fuera antigua—dije.

—Cierto, tendrá unos quince años. La compuso un alemán que vivía en Basilea, un hombre inteligentísimo. Él la compuso. ¡Es una canción preciosa! Y es que, sabe usted, la compuso para los viajeros.

Y comenzó a recitarme, traduciendo al francés, la letra de la canción del Rigi que, se veía, le gustaba mucho.

Si al Rigi es adonde quieres ir
descalzo a Vegis puedes llegar
(y es que hasta ahí uno llega en barco),
pero en Vegis hazte de un bastón,
toma, además, del brazo a una chica,
y entra a beberte un buen vino.
Pero no bebas en demasía,
porque aquel que quiere beber,
primero se lo tiene que merecer...

—¡Preciosa canción!—concluyó.

Seguramente a los lacayos la canción les pareció muy bella, porque se nos acercaron.

—¿Y quién compuso la música?—pregunté yo.

—Nadie. Llega sola, ¿sabe? Es que cuando uno canta para los extranjeros siempre se necesita algo nuevo.

Cuando nos trajeron el hielo y le serví a mi contertulio una copa de champán, pareció sentirse incómodo y, mirando a los camareros, se removió en el banco donde estaba sentado. Brindamos por la salud de los artistas. Él se bebió media copa y juzgó necesario parecer pensativo y mover las cejas con aire ensimismado.

—Hace mucho tiempo que no bebía un vino

tan bueno como éste, *je ne vous dis que ça* ['no le digo más']. En Italia, el vino *d'Asti* es bueno, pero éste es todavía mejor. ¡Ay, Italia! ¡Qué maravilla estar allí!—añadió.

—Sí, allá saben apreciar la música y a los artistas—dije, intentando llevarlo al fracaso de aquella tarde frente al Schweizerhof.

—No—respondió—. Allá, en cuanto a música, soy incapaz de procurar ningún placer a nadie. Los italianos son tan buenos músicos como no hay otros en el mundo. Pero yo me refiero sólo a las canciones tirolesas. Para ellos éstas sí son algo novedoso.

—Y, dígame, ¿allá los señores son más generosos?—continué yo, queriendo compartir con él mi enojo con los residentes del Schweizerhof—. Seguramente allá no sucede como aquí, que, en un enorme hotel donde sólo se hospeda gente rica, cien personas escuchen a un artista y no le den nada...

Mi pregunta causó un efecto completamente distinto del que yo esperaba. Ni siquiera se le había ocurrido al hombrecito enfadarse con ellos; al contrario, vio en mi observación un reproche a su talento, que no había sido digno de una recompensa, e intentó justificarse.

—No siempre se recibe mucho—respondió—. A veces uno pierde la voz, a veces está cansado. Hoy he caminado nueve horas y he cantado casi todo el día. Es complicado. Y los señores aristócratas no siempre tienen ganas de escuchar canciones tirolesas.

—De todas formas, ¿cómo no dar nada?

No entendió mi comentario.

—No, no es eso—dijo—, aquí lo principal es que *on est très serré pour la police* ['estamos muy presionados por la policía'], ése es el problema. Aquí, debido a las leyes de la República, a uno no le está permitido cantar. En cambio, en Italia uno puede ir adonde quiera y cuando quiera y nadie le dice ni media palabra. Aquí, si desean permitirle a uno que cante, se lo permiten, y si no, lo pueden meter en la cárcel.

—¿Cómo? ¿De verdad?

—Sí. Si a uno se lo advierten una vez y vuelve a cantar, pueden meterlo en la cárcel. Yo ya pasé tres meses encerrado—dijo sonriendo como si aquello fuera uno de sus recuerdos más agradables.

—¡Pero es terrible!—dije—. ¿Y por qué?

—Así es según las nuevas leyes de la República—continuó, animándose—. Es algo que no quieren entender, que un hombre pobre también tiene que ganarse la vida de alguna manera. Si yo no fuese un lisiado, trabajaría. ¿Acaso cantando le hago mal a alguien? ¿Qué es todo esto? Los ricos pueden vivir como quieren, pero *un bauvre tiable* como yo no puede ni siquiera vivir. ¿Qué leyes de la República son éstas? Si las cosas son así, no queremos la República, ¿no le parece, amable señor? No queremos la República, lo que queremos…, lo que simplemente queremos…, lo que queremos…—dudó un poco—, queremos leyes normales.

Llené de nuevo su copa.

—No bebe usted—le dije.

Tomó la copa e hizo una inclinación de cabeza hacia mí.

—Sé lo que usted quiere—dijo entornando los ojos y amenazándome con un dedo—. Lo que usted quiere es emborracharme para ver qué pasa conmigo; pero no, no lo va a conseguir.

—¿Y por qué tendría que emborracharlo? —comenté—. Lo único que yo quería era que pasara usted un buen rato.

Al parecer se sintió mal por haberme ofendido con su interpretación errónea de mis intenciones. Se desconcertó, se levantó de su banco y me dio un benévolo apretón de codo.

—No, no —dijo mirándome con una expresión implorante en sus ojos húmedos—, lo dije por decir, fue una broma.

Y a continuación pronunció una frase terriblemente confusa, una frase ingeniosa que debía significar que, pese a todo, yo era un buen tipo.

—*Je ne vous dis que ça!* ['No le digo más']— concluyó.

Y así seguimos bebiendo y conversando, y los lacayos, sin recato alguno, siguieron observándonos y, creo, incluso burlándose. Pese al interés de la conversación, yo no podía dejar de notar su presencia y, lo admito, me enojaba cada vez más. Uno de ellos se levantó, se acercó al hombrecito y, mirándole la coronilla, sonrió. Yo ya tenía acumulada una buena provisión de cólera contra los habitantes del Schweizerhof que aún no había tenido tiempo de descargar contra nadie y, lo admito, este público lacayuno me encendía. El portero entró sin quitarse la gorra y, acodándose sobre la mesa, se sentó a mi lado. Este último incidente, al herir mi amor propio o mi vanidad, hizo que finalmente estallara la opresiva cólera acumulada a lo largo de la tarde. ¿Por qué en el vestíbulo, cuando estoy solo, hace una humillante reverencia y ahora, como me encuentro en compañía de un músico ambulante, se sienta groseramente junto a mí? Fui presa de esta hirviente cólera de indignación que tanto me complace sentir en mí, e incluso avivo cuando aparece, porque actúa en mí como un calmante y, aunque sea por poco tiempo, da a mis facultades físicas y morales una ductilidad, una energía y una fuerza extraordinarias.

Me levanté de un salto.

—¿De qué se ríe usted?—grité al lacayo, sintiendo cómo palidecía mi semblante y mis labios temblaban a pesar mío.

—No me río, era sólo…—respondió el lacayo, retrocediendo.

—No, se está usted riendo de este señor. ¿Pero usted? ¿Qué derecho tiene usted de estar aquí y venir a sentarse cuando hay huéspedes? ¡Levántese!—grité.

El portero, murmurando algo, se levantó y se dirigió hacia la puerta.

—¿Qué derecho tiene de reírse de este señor y de sentarse a su lado cuando él es un huésped y usted un lacayo? ¿Por qué no se rio usted de mí hace un momento en la cena ni fue usted a sentarse a mi lado? ¿Porque él va pobremente vestido y canta en las calles? Por eso, ¿eh? En cambio, yo llevo un buen traje. Él será pobre, pero es mil veces mejor que usted, de eso estoy seguro. Porque él no ha ofendido a nadie, y usted, en cambio, lo ofende a él.

—Pero si yo no digo nada, cómo se le ocurre—respondió tímido mi enemigo el lacayo—. ¿Acaso le impido que esté aquí sentado?

El lacayo no me entendía, y mi arenga en alemán cayó en saco roto. El burdo portero quiso defender al lacayo, pero yo arremetí contra él con tanta vehemencia que fingió que no me entendía y también lo dejó estar. La fregona jorobada, o porque advirtió el estado de irritación en el que me encontraba y temía el escándalo, o porque compartía mi parecer, se puso de mi parte y, esforzándose por colocarse entre el portero y yo, lo exhortaba a callar diciéndole que yo tenía razón y a mí me pedía que me calmara. «*Der Herr hat Recht; Sie haben Recht*» ['El señor tiene razón; tiene usted razón'], afirmaba. El cantante ofrecía un aspecto lastimoso y asustado y, al parecer, no entendía la razón de mi acaloramiento ni lo que yo quería, y me pedía que nos fuéramos cuanto antes. Pero la cólera encendía mi locuacidad cada vez más. Me acordé de todo: de la muchedumbre que se había reído de él y de la gente que lo había escuchado pero no le había dado nada, y no quería calmarme por nada del mundo. Pienso que, si los camareros y el portero no hubiesen sido tan huidizos, con gusto me habría peleado con ellos o le habría asestado un bastonazo en la cabeza a la indefensa señorita inglesa. Si en ese momento me hubiese encontrado en Sebastopol, habría disfrutado lanzándome a repartir sablazos y cuchilladas sobre una trinchera inglesa.

—¿Y por qué me condujo con este señor a esta sala y no a la otra, eh?—seguí interrogando al portero, tomándolo por el brazo para impedir que se fuera—. ¿Qué derecho tenía usted a decidir, por la apariencia, que este señor debía estar en esta sala y no en la otra? ¿Acaso no son iguales quienes pagan en los hoteles? No sólo en la República, en el mundo entero. ¡Qué asco de república la suya! ¡Vaya igualdad! Usted no se habría atrevido a conducir a esta sala a los ingleses, a esos mismos ingleses que escucharon gratis a este señor, es decir, que le robaron todos y cada uno de los céntimos que deberían haberle dado. ¿Cómo se atrevió a traernos a nosotros a esta sala?

—La otra está cerrada—aventuró el portero.

—No—grité—, no es verdad, no está cerrada.

—Usted lo sabrá mejor.

—Lo que yo sé es que usted está mintiendo.

El portero me dio la espalda y se alejó.

—¡Bah! Para qué discutir—farfulló.

—Nada de «para qué discutir»—grité yo—, lléveme de inmediato a la otra sala.

A pesar de las exhortaciones de la jorobada y de los ruegos del cantante para que cada uno se volviera a su casa, exigí que llamaran al maestresala y salí con mi convidado. El maestresala, oyendo mi voz encolerizada y viendo mi demudado rostro, no entró en discusión alguna y me dijo, con despectiva cortesía, que podía ir adonde yo quisiera. No pude demostrarle al portero que había mentido, porque desapareció antes de que yo hubiera entrado en la otra sala.

Ésta, efectivamente, estaba abierta e iluminada, y en una de las mesas se encontraba cenando un inglés acompañado de una dama. Pese a que nos habían asignado una mesa para nosotros, me senté con el sucio cantante al lado del inglés y ordené que nos trajeran la botella que no nos habíamos terminado.

Los ingleses miraron, primero asombrados y luego con irritación, al hombrecito que, más muerto que vivo, estaba sentado a mi lado; intercambiaron entre ellos algunas palabras, ella empujó su plato, hizo crujir su vestido de seda, y tanto el uno como la otra desaparecieron. A través de las puertas acristaladas vi que el inglés, muy enfadado, le decía algo al camarero, señalando con la mano continuamente en nuestra dirección. El camarero entreabrió la puerta para mirarnos. Yo esperaba con alegría que vinieran a sacarnos y poder así, por fin, verter sobre ellos toda mi indignación. Pero por fortuna, aunque en ese momento me fue desagradable, nos dejaron en paz.

El cantante, que antes había rechazado el vino, ahora se bebió apresuradamente todo lo que quedaba en la botella para poder irse de ahí lo más rápido posible. No obstante, al parecer fue sincero cuando me agradeció la invitación. Sus lacrimosos ojos se volvieron todavía más lacrimosos y brillantes, y me dijo la más extraña y confusa frase de agradecimiento. En cualquier caso, aquella frase en la que me deseaba toda suerte de felicidades y expresaba lo bien que se sentiría si la gente respetara a los artistas como yo me resultó muy grata. Salimos juntos al zaguán. Ahí estaban los lacayos y mi enemigo el portero que parecía estar quejándose de mí. Todos, me pareció, me miraban como a un demente. Dejé que el hombrecito llegara hasta donde ellos se encontraban y, una vez allí, con todo el respeto que era capaz de expresar, me quité el sombrero y estreché su mano, la que tenía el dedo atrofiado. Los lacayos fingieron no prestarme ni la más mínima atención. Sólo uno de ellos rio con una risa sardónica.

Cuando el cantante, después de hacer una reverencia, se perdió en la oscuridad, yo subí a mi habitación deseando aplacar por medio del sueño todas estas impresiones y la estúpida cólera infantil que se había apoderado de mí de forma tan inesperada. Pero, sintiéndome demasiado agitado para poder dormir, volví a salir a la calle con la intención de caminar hasta conseguir recuperar la calma y, lo admito, con la vaga esperanza de encontrar la ocasión de enzarzarme con el portero, el lacayo o el inglés, y de demostrarles toda su crueldad y, sobre todo, su injusticia. Pero salvo el portero, que al verme me volvió la espalda, no me topé con nadie y, solo-solito, me puse a pasear por el malecón de un lado a otro.

«Éste es el curioso destino de la poesía—pensaba yo tras haberme calmado un poco—. Todo el mundo la ama y la busca, es lo único que se busca y se desea en la vida, pero nadie reconoce su fuerza, nadie aprecia este bien supremo del mundo, nadie aprecia ni agradece a aquellos que lo ofrecen a los hombres. Pregunten a quien quieran, a todos los huéspedes del Schweizerhof: ¿cuál es el mayor bien en la vida? Y todos, o noventa y nueve de cien, le responderán, con una expresión sardónica, que el mayor bien del mundo es el dinero. "Quizá este parecer no le guste y no concuerde con sus ideas sublimes—le dirán—, pero qué se puede hacer si la vida humana está organizada de forma que sólo el dinero hace la felicidad del hombre. Yo no podía impedir a mi intelecto que viera el mundo como es—añadirán—, es decir, que viera la verdad". Lamentable es tu intelecto, lamentable la felicidad que deseas, y tú un ser desdichado que no sabe lo que necesita… ¿Por qué habéis abandonado vuestra patria, a vuestros familiares, vuestros quehaceres y negocios y os habéis congregado en la pequeña ciudad suiza de Lucerna? ¿Por qué esta noche os habéis volcado en vuestros balcones y habéis escuchado en respetuoso silencio la canción de un pequeño mendigo? Y si él hubiera querido seguir cantando, lo habríais seguido escuchando en silencio. ¿Acaso por dinero, incluso por millones, habría sido posible apartaros de vuestro país y congregaros en este pequeño rinconcito que es Lucerna? ¿Acaso por dinero habría sido posible congregaros a todos en vuestros balcones y obligaros a permanecer durante media hora silenciosos e inmóviles? ¡No! Una sola cosa os constriñe a actuar así y esa misma será la que os impulse siempre y con más fuerza que todos los motores de la vida: la necesidad de poesía de la que no sois conscientes pero que sentís y continuaréis sintiendo mientras aún haya en vosotros algo de humano. La palabra *poesía* os parece ridícula, la empleáis como un reproche burlón, admitís el amor por algo poético sólo, y si acaso, en los niños y en las muchachas ñoñas, e incluso de ellos os burláis; vosotros, en cambio, necesitáis lo provechoso. Y la verdad es que los niños tienen una visión sana de la vida, aman y saben lo que el hombre debe amar, y lo que brinda felicidad, mientras que a vosotros la vida os ha sumido en tal confusión, os ha pervertido de tal modo que os burláis de la única cosa que amáis, y buscáis lo único que odiáis y que genera vuestra desgracia. Estáis tan confundidos que no comprendéis la obligación que tenéis frente a un pobre tirolés que os ha procurado un deleite puro, y al mismo tiempo consideráis vuestro deber humillaros en balde, sin provecho ni deleite, ante un lord, y ofrendarle, sabe Dios por qué, vuestra tranquilidad y vuestra comodidad. ¡Qué tontería! ¡Qué irresoluble despropósito! Pero no es eso lo que más me ha asombrado esta noche. La ignorancia de lo que procura la felicidad, la falta de conciencia de los placeres poéticos casi las entiendo o me he habituado a ellas tras haberlas encontrado a menudo en la vida. La crueldad brutal e inconsciente de la muchedumbre tampoco ha sido una novedad para mí; digan lo que digan los defensores del buen sentido popular, una muchedumbre es una reunión de personas que por separado son buenas pero que se rozan sólo por su lado animal, innoble, y que no expresan más que la debilidad y la crueldad de la naturaleza humana. Pero ¿cómo es posible que vosotros, hijos de un pueblo libre y humano, vosotros, cristianos, vosotros, gente sencilla, al deleite puro que os procuró un hombre menesteroso y desdichado hayáis podido responder con frialdad y burla? Pero, claro, en vuestro país hay asilos para los mendigos. (No hay mendigos, no debe haberlos, ni debe haber el sentimiento de compasión en el que se basa la mendicidad). Pero él estaba trabajando, él os procuraba alegría, os suplicaba que por su trabajo, del que os favorecíais, le dierais algo de lo que a vosotros os sobra. ¡Y vosotros, con una fría sonrisa, lo habéis observado como a una rareza desde lo alto de vuestras resplandecientes alcobas, y de entre el centenar de personas felices, pudientes que erais, no ha habido uno solo, una sola, que le lanzara siquiera una moneda! Acongojado, se ha alejado de vosotros, y la multitud insensata, riendo, no os ha perseguido y ultrajado a vosotros sino a él, porque vosotros sois fríos, crueles y deshonestos; porque vosotros le habíais robado el deleite que él os procuró, por eso lo ultrajabais *a él*».

El 7 de julio de 1857, en Lucerna, frente al hotel Schweizerhof en el que se hospeda la gente más rica, un miserable cantor ambulante pasó media hora cantando canciones y tocando la guitarra. Cerca de cien personas lo escuchaban. Tres veces pidió el cantante que le dieran algo. No hubo nadie que le diera nada, y muchos se rieron de él.

No es una invención, sino un hecho real sobre el que, quien quiera, puede indagar preguntando a los residentes permanentes del Schweizerhof o consultando los periódicos para saber quiénes eran los extranjeros que se alojaban en el hotel el día 7 de julio.

Se trata de un suceso que los historiadores de nuestro tiempo deberían anotar con indelebles letras de fuego. Es un suceso más significativo, más serio y con un sentido mucho más profundo que los hechos de los que se ocupan los periódicos y los libros de historia. Que los ingleses hayan matado a mil chinos más porque los chinos no compran nada con dinero, cuando su país lo que engulle es moneda contante y sonante; que los franceses hayan matado a mil cabileños más porque el trigo se da bien en África y la guerra permanente es útil para la formación de ejércitos; que el embajador de Turquía en Nápoles no pueda ser judío y que el emperador Napoleón se pasee a pie por Plombières y que, por escrito en la prensa, le asegure al pueblo que reina únicamente por la voluntad del pueblo entero, todo esto no son sino palabras que encubren o revelan lo que desde hace mucho tiempo sabemos. Pero el suceso que tuvo lugar en Lucerna el 7 de julio me parece absolutamente nuevo, extraño, y tiene que ver no con los eternos aspectos negativos de la naturaleza humana, sino con una época concreta del desarrollo de la sociedad. Es un hecho que no pertenece a la historia de las acciones humanas, sino a la del progreso y la civilización.

¿Por qué este hecho inhumano, imposible en cualquier aldea alemana, francesa o italiana, es posible aquí, donde la civilización, la libertad y la igualdad se han llevado a su punto más alto, donde confluyen los viajeros más civilizados de los países más civilizados? ¿Por qué esas personas cultas, humanitarias, que en general son capaces de acciones honestas y humanitarias, carecen del sentimiento humano de cordialidad que se necesita para llevar a cabo de forma individual una buena acción? ¿Por qué estas personas que en sus parlamentos, mítines y sociedades se preocupan con tanto ardor de la situación de los chinos célibes en la India, de la difusión del cristianismo y de la educación en África, de la creación de asociaciones para la regeneración de toda la humanidad, no encuentran en su alma ese sentimiento simple y primitivo del hombre por el hombre? ¿Será posible que no lo tengan y que su lugar haya sido ocupado por la vanidad, la ambición y la codicia que se enseñorean de estos hombres en sus parlamentos, sus mítines y sus sociedades? ¿Será posible que la difusión de esa razonable y egoísta asociación de personas llamada civilización destruya y contradiga la necesidad de una comunidad fundada en el instinto y el amor? ¿Y acaso es ésta la igualdad en aras de la que se ha vertido tanta sangre inocente y se han cometido tantos crímenes? ¿Acaso los pueblos, como los niños, pueden ser felices con el solo sonido de la palabra *igualdad*?

¿Igualdad ante la ley? Pero ¿acaso la vida de las personas se desarrolla en la esfera de la ley? Sólo una milésima parte está sujeta a la ley, el resto ocurre fuera de ella, en la esfera de las costumbres y de los puntos de vista de la sociedad. Y en la sociedad el lacayo va mejor vestido que el cantante y puede ofenderlo impunemente. Yo voy mejor vestido que un lacayo y lo ofendo impunemente. El portero me considera superior, pero al cantante lo considera inferior; cuando me uní al cantante, se consideró nuestro igual y se volvió zafio. Yo me volví insolente con el portero y el portero se reconoció como mi inferior. El lacayo se volvió insolente con el cantante y el cantante se reconoció inferior a él. ¿Y acaso éste es un Estado libre, eso que la gente llama un Estado positivamente libre, en el que existe aunque sea un solo ciudadano al que meten en prisión porque, sin perjudicar ni molestar a nadie, hace la única cosa que puede hacer para no morir de hambre?

¡Qué criatura desdichada y lastimosa es el hombre con su necesidad de soluciones positivas, lanzado a este océano infinito y en perpetuo movimiento, a este océano del bien y del mal, de hechos, consideraciones y contradicciones! Durante siglos los hombres han luchado y han trabajado para poner de un lado el bien y del otro el mal. Los siglos pasan y, dondequiera que sea, ponga lo que ponga en la balanza del bien y del mal una mente imparcial, la balanza no basculará, y en cada lado habrá tanto bien como mal. ¡Si el hombre aprendiera a no juzgar y a no pensar de manera tajante y decisiva, y a responder a las preguntas que se le formulan sin otro fin que seguir siendo eternamente preguntas! ¡Si tan sólo pudiera entender que todo pensamiento es a la vez falso y justo! Falso por ser unilateral, por la imposibilidad del hombre de abrazar toda la verdad, y justo por ser la expresión de un solo aspecto de las aspiraciones humanas. Se han creado subdivisiones en ese caos eternamente en movimiento, ese caos infinito donde se mezclan infinitamente el bien y el mal; se han trazado líneas imaginarias en este mar, y esperan que acabe por dividirse. Como si no hubiera millones de otras subdivisiones hechas desde un punto de vista del todo distinto, en otro plano. Es cierto que estas nuevas subdivisiones se han ido elaborando durante siglos, pero han pasado ya siglos enteros y pasarán millones. La civilización es un bien, la barbarie un mal; la libertad es un bien, la esclavitud un mal. Este saber imaginario es el que destruye las necesidades venturosamente primigenias, instintivas, del bien en la naturaleza humana. ¿Y quién me puede definir qué es la libertad, el despotismo, la civilización, la barbarie? ¿Y dónde están las fronteras que los separan? ¿Quién tiene tan inquebrantablemente establecida en el alma esa medida del bien y del mal que con ella pueda medir los hechos huidizos y embrollados? ¿Quién tiene una inteligencia tan grande como para abrazar, aunque sea en el pasado inmóvil, todos los hechos y sopesarlos? ¿Y quién ha visto alguna vez una situación donde no haya bien y mal al mismo tiempo? ¿Y cómo saber, cuando veo más de uno que de otro, si no es porque estoy en el lugar equivocado? ¿Y quién está en situación de desligarse intelectualmente de la vida, aunque sea por un instante, para mirarla desde lo alto de forma independiente? Tenemos un guía infalible, sólo uno, el Espíritu Universal que penetra en todos nosotros, en todos juntos y en cada uno por separado, insuflando en cada individuo la aspiración a lo que debe ser; es el mismo espíritu que empuja al árbol a crecer hacia el sol, que ordena a la flor que esparza sus semillas en otoño y a nosotros nos empuja a unirnos instintivamente los unos a los otros.

Y es esta voz única, infalible y bienaventurada la que acalla en nosotros el desarrollo ruidoso y apresurado de la civilización. ¿Quién merece ser llamado hombre y quién bárbaro: el lord aquel que al ver la ropa gastada del cantante abandonó encolerizado la mesa, no le dio por su trabajo la millonésima parte de su fortuna y, en este momento, ahíto, sentado en su habitación tranquila y bien iluminada, sentencia con calma los asuntos de China, encontrando justos los asesinatos que ahí se cometen, o el pequeño cantante que, corriendo el riesgo de ser encarcelado, a lo largo de veinte años, sin hacerle daño a nadie y con un franco en el bolsillo, ha recorrido montañas y valles consolando a las personas con su canto, ese cantante que hoy ha sido ofendido, casi expulsado, y que cansado, hambriento y acongojado se ha ido a dormir en algún lugar sobre un montón de paja podrida?

En ese momento, en medio del silencio absoluto de la noche, oí a lo lejos, muy lejos, la guitarra del hombrecito y su voz.

«No—me dijo una voz interior—, no tienes derecho ni a compadecerlo a él ni a indignarte por la prosperidad del lord. ¿Quién ha sopesado la felicidad interior que hay en el alma de cada uno de ellos? Ahora está sentado en algún umbral sucio, mirando el espléndido cielo iluminado por la luna y cantando contento en mitad de la noche serena y fragante, y su alma no conoce ni el reproche, ni la cólera, ni el arrepentimiento. ¿Y quién sabe qué pasa ahora en el alma de todas esas gentes alojadas detrás de estos altos muros que rezuman riqueza? ¿Quién sabe si en ellos hay tanta apacible y despreocupada alegría y tanta armonía con el universo como las que anidan en el alma de ese hombrecito? Infinitas son la bondad y la sabiduría de Aquel que ha permitido y ha dispuesto que existan todas estas contradicciones. Sólo a ti, gusano insignificante, que de manera insolente e ilegítima tratas de penetrar en Sus leyes y en Sus intenciones, sólo a ti te parecen contradicciones. Desde su luminosa e inconmensurable altura, Él mira dulcemente y se alegra de la infinita armonía en la que vosotros no paráis de moveros de manera contradictoria. En tu orgullo, pensabas escapar a las leyes de lo universal. No, tú también, con tu mezquina y ramplona indignación contra los lacayos, tú también respondiste a la exigencia armoniosa de lo eterno y lo infinito…».

18 de julio de 1857

ALBERT

I

Pasadas las dos de la madrugada, cinco mucha-
chos jóvenes y ricos llegaron a una mancebía pe-
tersburguesa dispuestos a divertirse.

La mayor parte de los señores eran muy jóvenes, las muchachas bonitas, y el piano y el violín
tocaban incansablemente una polka tras otra. Se
había bebido ya mucho champán y los bailes y la
algarabía no cesaban, pero se percibía cierto tedio e incomodidad. Por alguna razón, todos sen-
tían (como ocurre a menudo) que aquello no era
lo que debía ser y que era innecesario.

En varios momentos se habían esforzado por
mostrarse alegres, pero la alegría fingida resultaba peor que el tedio.

Uno de los cinco jóvenes, el que más descon-
tento se sentía consigo mismo, con los demás y
con la velada, se levantó con desazón, buscó su
sombrero y salió dispuesto a irse a hurtadillas.

En el vestíbulo no había nadie, pero en la habitación contigua, detrás de la puerta, oyó dos

voces que discutían. El joven se detuvo y se quedó escuchando.

—Imposible, hay invitados—decía la voz femenina.

—¡Déjeme entrar, por favor, estoy bien!—suplicaba una débil voz masculina.

—No le permitiré pasar sin la autorización de la madama—decía la mujer—. ¿Adónde va? ¡Pero qué hombre éste!

La puerta se abrió de par en par y apareció en el umbral una extraña figura masculina. Al ver a los invitados, la criada dejó de retenerlo. La extraña figura, una vez que hubo saludado tímidamente, avanzó bamboleándose sobre sus piernas torcidas y entró en la habitación. Era un hombre de mediana estatura, de espalda estrecha y encorvada y con una melena larga y desgreñada. Llevaba puesto un abrigo corto y unos pantalones ceñidos y rotos sobre unas sucias botas de piel rugosa. La corbata la tenía arrollada como una cuerda, atada a su largo cuello blanco. Los sucios puños de la camisa asomaban por debajo de las mangas del abrigo cayendo sobre las enjutas manos. Pero pese a la extrema delgadez del cuerpo, su rostro era dulce, blanco y, por encima de la rala barba negra y las patillas, un fresco carmín retozaba en sus mejillas. Los despeinados cabellos, echados hacia atrás, dejaban al descubierto una frente no muy ancha pero extraordinariamente despejada. Los cansados ojos negros miraban al frente dulces, obsequiosos y al mismo tiempo serios; su expresión se fundía de una forma deliciosa con la de sus labios frescos, de comisuras curvas, que asomaban por detrás del escaso bigote.

Después de dar unos cuantos pasos, se detuvo, se volvió hacia el joven y sonrió. Sonrió como si le costara trabajo; pero cuando la sonrisa iluminó su rostro, el joven—sin saber él mismo por qué—también sonrió.

—¿Quién es?—preguntó en voz baja a la criada cuando la extraña figura entró en la habitación donde sonaba la música de baile.

—Un músico del teatro, está loco—respondió la criada—, a veces viene a ver a la señora.

—¿Dónde estás, Delésov? ¿Dónde te has metido?—gritaban en ese momento en el salón.

El joven, que se apellidaba Delésov, volvió a entrar.

El músico estaba junto a la puerta, observando a las personas que bailaban. Con su sonrisa, su mirada y los movimientos de sus pies expresaba la satisfacción que ese espectáculo le procuraba.

—¿Por qué no se une usted al baile?—le preguntó uno de los invitados.

El músico hizo una reverencia y dirigió una mirada inquisitiva a la anfitriona.

—Sí, sí, vaya usted. Si los señores lo invitan, ¿por qué no?—dijo ella.

El músico empezó a agitar sus miembros delgados y débiles; guiñando un ojo y sonriendo, se contoneaba torpe y desmañado por el salón. En mitad de una cuadrilla, un oficial achispado que bailaba con donaire y armonía le golpeó, sin querer, la espalda. Las piernas débiles, cansadas, del músico no lograron mantener el equilibrio y, tras dar unos pasos vacilantes, cayó al suelo *cuan largo era*. Pese al ruido brusco y seco que produjo la caída, casi todos se echaron a reír.

Pero, al ver que el músico no se levantaba, los invitados guardaron silencio, incluso el piano dejó de sonar, y Delésov y la anfitriona corrieron hacia él. Estaba apoyado en un codo y miraba el suelo con expresión apagada. Cuando lo levantaron y lo sentaron en una silla, se retiró el cabello de la frente con un movimiento rápido de su huesuda mano y sonrió, sin responder a las preguntas.

—¡Señor Albert! ¡Señor Albert!—decía la anfitriona—. ¿Se ha hecho usted daño? ¿Dónde?

Ya decía yo que no debía bailar. ¡Está tan débil!—continuó dirigiéndose a los invitados—. Si apenas camina, ¡y ponerse a bailar!

—¿Quién es?—preguntaban a la anfitriona.

—Un pobre hombre, un artista. Es muy buen hombre, pero digno de lástima como ustedes pueden ver.

Lo decía sin ningún empacho frente al músico. Éste se recobró y, como asustado por algo, se hizo un ovillo alejando a quienes lo rodeaban.

—¡No es nada!—dijo de pronto, y con un esfuerzo visible se levantó.

Y, para demostrar que no sentía ningún dolor, caminó hasta el centro de la sala y quiso dar un salto, pero se tambaleó y se habría caído de nuevo si no lo hubiesen sostenido.

Todos se sintieron incómodos; lo observaban sin proferir palabra.

La mirada del músico se apagó de nuevo y, como si se hubiera olvidado de quienes lo rodeaban, se frotó la rodilla con la mano. De pronto levantó la cabeza, adelantó una pierna insegura, se retiró los cabellos con el mismo gesto trivial de antes y, acercándose al violinista, le quitó su instrumento.

—Todo esto no es nada—dijo de nuevo, agitando el violín—. ¡Señores, hagamos un poco de música!

—¡Qué personaje tan curioso!—comentaban los invitados.

—Quizá sea un gran talento el que se pierde en esta desdichada criatura—aventuró uno de los huéspedes.

—Sí, sí, da pena verlo—comentó otro.

—¡Qué hermoso rostro!… Tiene algo especial—dijo Delésov—. Ya lo veremos…

II

Albert, entretanto, sin prestar atención a nadie, iba y venía lentamente a lo largo del piano, afinando el violín apoyado sobre el hombro. Sus labios adoptaron una expresión impasible y sus ojos no se veían. Pero la espalda estrecha y huesuda, el largo cuello blanco, las piernas torcidas y la cabeza con el negro cabello despeinado ofrecían un curioso espectáculo que, sabe Dios por qué, no tenía nada de ridículo. Una vez afinado el violín, tocó vivamente un acorde y, echando la cabeza hacia atrás, se volvió al pianista que ya se preparaba para acompañarlo.

—*Mélancolie G-dur!* ['Melancolía en sol mayor']—dijo, dirigiéndose a él con un gesto de autoridad.

E inmediatamente después, como si se disculpara por ese gesto autoritario, sonrió con dulzura y, con la sonrisa en los labios, se volvió hacia el público. Retirándose los cabellos con la mano con la que sostenía el arco, Albert se colocó a un lado del piano y con un movimiento armónico pasó el arco por las cuerdas. Por la habitación se extendió un sonido puro y melodioso, y se hizo un silencio absoluto.

Las notas fluyeron libres, delicadas, y una luz inesperadamente clara y pacificadora iluminó de pronto el mundo interior de cada uno de los oyentes. Ni una nota falsa o discordante perturbó la sumisión del atento público. Todos los sonidos eran puros, elegantes y significativos. En silencio, trepidante de esperanza, la gente seguía su desarrollo. Del estado de tedio, dispersión ruidosa y somnolencia espiritual en el que estaban, estas personas de pronto habían sido trasladadas, sin percatarse, a un mundo completamente distinto que tenían olvidado. En sus almas surgía ya el sentimiento de una apacible contemplación de lo pasado, ya el recuerdo apasionado de un instante feliz o de una ilimitada necesidad de poder y esplendor, ya un sentimiento de sumisión, de amor no correspondido y de tristeza. Los sonidos, ora tristemente dulces, ora desesperadamente impetuosos, se entreveraban con absoluta libertad y fluían, fluían uno detrás del otro con tanta elegancia, tanta fuerza y tanta naturalidad que ya no eran los sonidos los que se escuchaban, sino que hasta el alma de cada uno llegaba un bello torrente de poesía, conocida de tiempo atrás, pero expresada por primera vez. Con cada nota, Albert parecía crecer. Ya no era ni grotesco ni extraño. Con el violín apretado bajo el mentón, escuchaba los sonidos que éste emitía con una expresión de atención apasionada, moviendo las piernas febrilmente. Ora se erguía en toda su estatura, ora encorvaba la espalda aplicadamente. Su brazo izquierdo, doblado en tensión, parecía congelado en esa postura, y sólo los huesudos dedos se movían febriles. El derecho parecía animado por un movimiento continuo, gracioso e imperceptible. El rostro refulgía con una alegría constante, extasiada; en sus ojos brillaba un *resplandor* luminoso y seco, las ventanillas de su nariz se dilataban, los labios rojos se entreabrían de placer.

A veces su cabeza se inclinaba más sobre el

violín, sus ojos se cerraban y su rostro, a medias cubierto por el cabello, se iluminaba con una sonrisa de dulce gozo. A veces se enderezaba con brusquedad, adelantaba una pierna, y la frente despejada y la mirada radiante con la que abarcaba la sala resplandecían de orgullo, de grandeza y de conciencia de su poder. En un momento dado el pianista se equivocó y tocó un acorde incorrecto. El sufrimiento físico se reflejó en la figura toda del músico y en su rostro también. Se detuvo un instante y, con una expresión de cólera infantil, dando una patada en el suelo, gritó: «*Moll, C-moll*» ['Menor, do menor']. El pianista rectificó. Albert cerró los ojos, sonrió y, olvidándose de nuevo de sí mismo, de los demás y del mundo entero, se entregó con deleite a su quehacer.

Todas las personas que se encontraban en la habitación mientras Albert tocaba guardaron un respetuoso silencio; parecía que vivieran y respiraran sólo gracias a los sonidos que él emitía.

El achispado oficial, sentado junto a la ventana, permanecía inmóvil con la mirada ausente fija en el suelo y, con dificultad y en raros momentos, recuperaba el aliento. Las muchachas, sentadas a lo largo de la pared, guardaban un silencio absoluto y de tanto en tanto intercambiaban alguna mirada que iba de la aprobación al estupor. El rostro regordete y sonriente de la anfitriona no cabía en sí de felicidad. El pianista tenía los ojos clavados en la cara de Albert y, con un terror de equivocarse que se dejaba ver en la tensión de su figura, hacía esfuerzos por seguirlo. Uno de los invitados, que había bebido más que los demás, estaba acostado boca abajo en un sofá e intentaba no moverse para no traicionar su emoción. Delésov experimentaba un sentimiento inusual. Un círculo helado que ora se ensanchaba, ora se contraía, le apretaba la cabeza. Las raíces del cabello se habían vuelto sensibles, una sensación de frío le recorría la espalda, algo le subía hasta la garganta y, como si de finas agujas se tratara, le aguijoneaba el paladar y la nariz, y las lágrimas bañaban de manera imperceptible sus mejillas. Se sacudía, discretamente intentaba contenerlas y enjugarlas, pero brotaban de nuevo empapándole la cara. Por un extraño encadenamiento de impresiones, los sonidos iniciales del violín de Albert transportaron a Delésov a los tiempos de su primera juventud. Él, un hombre maduro, cansado de vivir, extenuado, de pronto se sintió de nuevo el muchacho de diecisiete años, guapo y satisfecho de sí

66

mismo, plácidamente estúpido y lleno de una felicidad hecha de inconsciencia. Se acordó de su primer amor por una prima que llevaba un vestidito rosa, de su primera declaración en una alameda de tilos, recordó el ardor y el encanto incomprensible de un beso intercambiado por casualidad, la magia y el enigmático misterio de la naturaleza que entonces lo rodeaba. En su imaginación, que había vuelto atrás, *ella* brillaba en medio de una niebla de esperanzas indefinidas, de deseos incomprensibles y de una inquebrantable fe en la posibilidad de una felicidad imposible. Todos los minutos de ese tiempo que él no había sabido apreciar surgían uno tras otro frente a él, pero no como instantes insignificantes de un presente que huye, sino como imágenes del pasado, detenidas, agrandadas y cargadas de reproches. Los contemplaba con placer y lloraba, no porque el tiempo hubiese pasado y él hubiera podido emplearlo de mejor manera (si le hubieran devuelto ese tiempo, no lo habría empleado mejor), lloraba sólo porque ese tiempo había pasado y no volvería jamás. Los recuerdos surgían espontáneamente, y el violín de Albert decía siempre lo mismo. Decía: «Ha pasado para ti, ha pasado para siempre el tiempo de la fuerza, del amor y de la felicidad. Ha pasado y no volverá. Llora por él, derrama todas tus lágrimas, muere llorando por aquellos días. Es la única felicidad que te queda, y la mejor».

Hacia el final de la última variación, el rostro de Albert enrojeció; sus ojos ardían sin apagarse, gruesas gotas de sudor bajaban por sus mejillas. Las venas de su frente estaban hinchadas, su cuerpo entero se agitaba, sus pálidos labios ya no se cerraban y toda su figura expresaba una arrebatada necesidad de deleite.

Después del último movimiento apasionado de todo su cuerpo y de la sacudida final de su cabellera, bajó el violín y, con una sonrisa de orgullosa majestad y dicha, miró a todos los presentes. Luego su espalda se curvó, la cabeza cayó, los labios se cerraron, los ojos perdieron su brillo y, como si se avergonzara de sí mismo, mirando tímido a su alrededor, se dirigió trastabillando a la habitación contigua.

III

Algo extraño ocurrió con los presentes y algo extraño se percibía en el silencio mortal que siguió a la interpretación de Albert. Era como si cada uno quisiera, pero no supiera cómo, expresar lo que aquello significaba. ¿Qué podía significar aquel salón caldeado y bien iluminado, aquellas espléndidas mujeres, el alba en las ventanas, la excitación de la sangre y la impresión pura de los sonidos que lo habían atravesado volando? Nadie intentó explicar lo que aquello significaba; al contrario, casi todos, sintiéndose incapaces de ponerse del lado de lo que esa nueva impresión les había descubierto, se sublevaron contra ella.

—Pero es que, de verdad, toca muy bien—dijo el oficial.

—¡Admirablemente!—respondió Delésov secándose las mejillas a escondidas con la manga de la camisa.

—Es tarde, caballeros, es hora de irse—sentenció, una vez ligeramente repuesto, el que estaba echado en el sofá—. Habrá que darle algo, caballeros. Hagamos una colecta.

Mientras tanto Albert estaba completamente solo, sentado en el sofá de la habitación contigua. Con los codos apoyados sobre sus huesudas rodillas, se acariciaba la cara con las manos sucias y sudorosas, se alborotaba los cabellos y sonreía feliz en soledad.

La colecta fue sustanciosa, y Delésov se ofreció a entregársela.

Además, la música había causado en él una impresión tan fuerte e insólita, que sintió ganas de hacer el bien a aquel hombre. Se le ocurrió llevárselo a vivir a su casa, vestirlo, buscarle un empleo… En pocas palabras, sacarlo de la sórdida situación en la que se encontraba.

—Dígame, ¿está cansado?—le preguntó Delésov mientras se acercaba a él.

Albert sonrió.

—Tiene usted verdadero talento. Debería dedicarse seriamente a la música, tocar en público.

—Me tomaría un trago—dijo Albert, como despertando.

Delésov le llevó vino, y el músico se bebió ávidamente dos copas.

—¡Qué buen vino!—comentó.

—¡Qué pieza maravillosa es *Mélancolie*!—dijo Delésov.

—¡Oh, sí, sí!—respondió sonriendo Albert—. Pero, discúlpeme, no sé con quién tengo el honor de hablar. ¿No será usted conde o príncipe? ¿Podría prestarme un poco de dinero?—Guardó silencio un momento—. No tengo nada, soy pobre. No podré devolvérselo.

Delésov se ruborizó, se sintió incómodo, y se apresuró a entregar al músico el dinero que habían reunido.

—Se lo agradezco mucho—respondió Albert cogiendo el dinero—. Ahora podríamos hacer un poco de música. Tocaré para usted todo el tiempo que quiera. Pero antes, si fuera posible, me gustaría beberme otro trago—añadió levantándose.

Delésov le llevó un poco más de vino y le pidió que se sentara a su lado.

—Discúlpeme si le hablo con franqueza—dijo Delésov—, su talento me ha interesado mucho. Tengo la impresión de que su situación no es buena…

Albert miraba ya a Delésov, ya a la anfitriona que acababa de entrar en la habitación.

—Permítame ponerme a sus órdenes—continuó Delésov—. Si está necesitado de alguna cosa, para mí sería un placer que se instalara usted en mi casa durante un tiempo. Vivo solo y quizá pueda serle de alguna utilidad.

Albert sonrió y no dijo nada.

—¿Qué espera usted para dar las gracias?—preguntó la anfitriona de la casa—. Sin lugar a dudas este ofrecimiento es muy bueno para usted. Pero yo no se lo aconsejaría—continuó la anfitriona dirigiéndose a Delésov y moviendo la cabeza en señal de desaprobación.

—Le estoy muy agradecido—respondió Albert apretando la mano de Delésov entre sus húmedas manos—. Pero por el momento hagamos un poco de música, por favor.

Sin embargo, el resto de los invitados estaba ya a punto de irse y, por más que Albert intentó convencerlos para que se quedaran, salieron al vestíbulo.

Albert se despidió de la anfitriona y, encasquetándose su desgastado sombrero de ala ancha y cubriéndose con su vieja capa de entretiempo, que era cuanta ropa de invierno tenía, salió con Delésov al porche.

Cuando éste se hubo instalado en el carruaje con su nuevo conocido y sintió el desagradable tufo a vino y a mugre del que estaba impregnado el músico, comenzó a arrepentirse de su proceder y a acusarse de tener un corazón puerilmente blando y de actuar con desatino. Además, todo lo que decía Albert era muy tonto y ordinario. El músico, al contacto con el aire libre se encontró de pronto en un estado de embriaguez tan repugnante que Delésov sintió aversión. «¿Qué voy a hacer con él?», pensó.

Al cabo de un cuarto de hora, Albert dejó de hablar, el sombrero se le cayó y fue a dar a sus pies, y desplomándose en un rincón del carruaje comenzó a roncar. Las ruedas chirriaban monótonamente sobre la nieve congelada. La débil luz del alba apenas penetraba a través de las ventanillas escarchadas.

Delésov miró a su acompañante, cuyo largo cuerpo, cubierto por la capa, yacía inerte junto a él. Tuvo la impresión de que la larga cabeza con su gran nariz oscura se balanceaba al final del tronco, pero, al observarlo de más cerca, vio que lo que había tomado por una cara y una nariz eran los cabellos, y que la verdadera cara estaba más abajo. Se inclinó y distinguió los trazos del rostro de Albert. La belleza de la frente y de la boca con los labios serenamente cerrados lo sorprendió de nuevo.

Bajo el efecto del agotamiento nervioso, de la noche en blanco que acababa de pasar y de la música que acababa de escuchar, al mirar ese rostro se trasladó de nuevo al mundo lleno de felicidad que había entrevisto durante la noche. De nuevo recordó la época feliz y magnánima de su juventud y dejó de arrepentirse de lo que había hecho. En ese momento amaba a Albert, sincera, ardientemente, y tomó la firme decisión de hacerle el bien.

IV

A la mañana siguiente, cuando lo despertaron para ir al trabajo, Delésov se sintió desagradablemente sorprendido y contrariado al ver cerca de su cama el viejo biombo, a su viejo lacayo y el reloj que estaba sobre la mesita de noche. «¿Pero qué esperaba ver si no lo que siempre me rodea?», se preguntó a sí mismo. Fue en ese momento cuando se acordó de los ojos negros y de la sonrisa feliz del músico; la melodía de *Mélancolie* y toda la extraña noche anterior volvieron a su imaginación.

Mas no tenía tiempo de preguntarse si había hecho bien o mal llevándose al músico a su casa. Mientras se vestía, organizó mentalmente su día: tomó sus papeles, dio a los criados las órdenes necesarias y luego, a toda prisa, se puso el abrigo y los chanclos. Al pasar frente al comedor, miró por la puerta entreabierta. Albert, con su camisa sucia y rota y la cara hundida en la almohada, estaba tumbado en el diván de tafilete donde la víspera lo habían acostado sin despertarlo, y dormía

74

profundamente. Muy a su pesar, Delésov tuvo la impresión de que ahí había algo que no estaba bien.

—Hazme el favor de ir de mi parte a ver a Boriusovki—le dijo a su lacayo—, y pídele prestado un violín para uno o dos días. Y cuando él despierte, dale un café y que se lo beba. Encuentra entre mi ropa vieja alguna muda y algún traje que le quede bien. Y, en general, cuida de que no le falte nada. Por favor.

Cuando Delésov volvió a su casa, ya avanzada la tarde, se sorprendió de no encontrar a Albert.

—¿Dónde está?—le preguntó a su criado.

—En cuanto terminó de comer se fue—respondió éste—. Cogió el violín y se fue. Prometió volver al cabo de una hora, pero todavía no ha llegado.

—¡Vaya, vaya! Qué contrariedad—comentó Delésov—. ¿Cómo se te ocurrió dejarlo salir, Zajar?

Zajar era un lacayo petersburgués que llevaba ocho años al servicio de Delésov, quien, soltero y viviendo solo, involuntariamente le confiaba sus pensamientos. Además, le gustaba conocer su opinión sobre todas y cada una de sus iniciativas.

—¿Cómo podría no habérselo permitido?

—respondió Zajar, jugueteando con el sello de su reloj—. Si usted me hubiera dicho, Dmitri Ivánovich, que debía retenerlo, podría haberlo entretenido en casa. Pero usted sólo habló de la ropa.

—¡Vaya! ¡Qué contrariedad! ¿Y qué hizo mientras yo no estaba?

Zajar esbozó una sonrisa forzada.

—Sin duda alguna es un artista, Dmitri Ivánovich. Apenas se despertó, pidió vino de Madeira, y luego estuvo todo el tiempo con la cocinera y el lacayo de los vecinos. Tan extravagante… Pero tiene buen carácter. Le serví un té, le llevé la comida, pero no quería comer solo, todo el tiempo quería que yo comiera con él. ¡Y cómo toca el violín! Ni Isler tiene muchos como él.[2] A una persona así se la puede mantener. ¡Cómo nos tocó la balada de Stenka Razin! Parecía que alguien estuviera llorando. ¡Demasiado bien! Hasta vino gente de otros apartamentos a nuestro zaguán a escucharlo.

—Pero ¿y la ropa? ¿Se la diste?—lo interrumpió el señor.

—Por supuesto; le di una camisa de noche de usted y mi abrigo. A una persona así se la puede ayudar, de verdad, es un buen hombre—sonrió Zajar—. Me estuvo preguntando qué posi ción tiene usted, si tiene conocidos importantes, si tiene campesinos en su haber.

—Bueno, está bien, pero ahora habrá que encontrarlo, y en adelante no le des nada de beber o le harás más daño.

—Es cierto—lo interrumpió Zajar—, se ve que no tiene muy buena salud. En casa de mi antiguo patrón había una persona así que…

Delésov, que desde hacía mucho tiempo conocía la historia del administrador que era capaz de beber hasta perder la conciencia, no dejó terminar a Zajar y, tras ordenarle que preparase todo para la noche, lo mandó en busca de Albert con el encargo de traerlo de regreso.

Se acostó y apagó la vela, pero tardó mucho tiempo en conciliar el sueño pensando en el músico: «Aunque esto pueda parecer extraño a muchos de mis conocidos—pensaba Delésov—, son tan raras las veces que uno puede hacer algo por los otros, que hay que dar gracias al buen Dios cuando la ocasión se presenta, y no la voy a dejar pasar. Haré todo, absolutamente todo lo que pueda para ayudarlo. Quizá no sea un loco, sino simplemente un alcohólico… Todo esto no me saldrá caro en absoluto: donde come uno, comen dos. Que se quede por lo pronto aquí en mi casa y luego le encontraremos un lugar o le organizaremos algún concierto, lo sacaremos del atolladero y después ya se verá».

Un agradable sentimiento de satisfacción consigo mismo lo embargó tras este razonamiento: «La verdad es que no soy del todo una mala persona; es más, no soy en absoluto una mala persona —pensaba—. Soy incluso una muy buena persona, si me comparo con otros…».

Ya empezaba a conciliar el sueño cuando el ruido de puertas que se abrían y de pasos en el recibidor lo espabiló.

«Bueno, seré más severo con él —pensó—; es lo mejor y es lo que debo hacer».

Llamó a Zajar.

—¿Qué? ¿Lo trajiste? —le preguntó cuando éste entró.

—Es un hombre digno de lástima, Dmitri Ivánovich —dijo Zajar moviendo la cabeza de manera significativa y cerrando los ojos.

—¿Está borracho?

—Está muy débil.

—¿Y tiene el violín con él?

—Lo he traído yo, me lo dio la anfitriona.

—Bueno, esta noche no lo dejes entrar en mi

habitación, por favor. Llévalo ahora a la cama y mañana no permitas que salga de casa.

Pero Zajar no había tenido tiempo aún de salir cuando Albert entró en la habitación.

v

—¿Tiene sueño?—preguntó Albert sonriendo—. Yo estuve en casa de Anna Ivánovna. Pasé una velada muy agradable: estuvimos haciendo música, riendo, había gente encantadora. Permítame beber un vaso de alguna cosa—añadió cogiendo la jarra de agua que estaba sobre la mesita de noche—, pero que no sea agua.

Albert estaba exactamente como la víspera: la misma bella sonrisa en los ojos y en los labios, la frente clara e inspirada, y los brazos y las piernas débiles. El abrigo de Zajar le sentaba muy bien, y el cuello de la camisa de noche, limpio, largo y sin almidonar, despuntaba con gracia alrededor de su cuello blanco y fino dándole un aire particularmente infantil e inocente. Se sentó al borde de la cama de Delésov y lo miró en silencio, con una sonrisa de felicidad y gratitud. Delésov lo miró a los ojos y de pronto volvió a sentirse bajo el poder de su sonrisa. Se le espantó el sueño, olvidó el deber de ser severo, por el contrario, tuvo ganas de divertirse, escuchar música y platicar amistosamente con Albert incluso hasta el amanecer. Delésov le ordenó a Zajar que trajera una botella de vino, cigarrillos y el violín.

—Estupendo—dijo Albert—. Aún es temprano, tocaré para usted todo el tiempo que quiera.

Zajar, con una satisfacción visible, trajo una botella de Château-Lafite, copas, cigarrillos suaves de los que fumaba Albert y el violín. Pero en lugar de irse a dormir, como le había ordenado su patrón, encendió un cigarro y se sentó en la habitación contigua.

—No, mejor conversemos—dijo Delésov al músico que ya había cogido el violín.

Albert, dócil, se sentó en la cama y de nuevo sonrió contento.

—Ah, por cierto—dijo de pronto golpeándose la frente y adquiriendo una expresión de curiosidad preocupada (la expresión de su rostro siempre anunciaba lo que quería decir)—, permítame preguntarle…—se detuvo un momento—, el señor que estaba con usted ayer por la noche…, usted lo llamaba N. ¿No será hijo del famoso N.?

—Sí, es su hijo—respondió Delésov preguntándose qué interés podía tener aquello para Albert.

—Justo lo que yo pensaba—dijo él con una sonrisa de satisfacción—. Enseguida reparé en que sus modales tenían algo de aristocrático. Me gustan los aristócratas: siempre se advierte algo bello y refinado en ellos. Y aquel oficial que baila tan bien—continuó—, también me gustó mucho, es tan alegre y distinguido. Es el ayuda de campo de N. N., ¿no?

—¿Cuál?

—El que chocó conmigo cuando estábamos bailando. Ha de ser una gran persona.

—No, es una nulidad.

—¡Oh, no!—exclamó Albert defendiéndolo—. En él también hay algo muy muy agradable. Además, es un músico extraordinario, interpretó algo de una ópera. Hacía mucho tiempo que nadie me había gustado tanto.

—Sí, toca bien, pero a mí no me gusta su forma de tocar—respondió Delésov, que quería llevar a su interlocutor hacia una conversación sobre música—. No entiende la música clásica, porque Donizetti y Bellini…, eso no es música. ¿Está usted de acuerdo?

—Oh, no, no, discúlpeme—disintió Albert con una expresión de tímido alegato—. La música antigua es música, sí, pero la música nueva también es música. Y en la música nueva hay piezas de una belleza extraordinaria. ¿Qué me dice de *La sonámbula*?[3] ¡¿Y del final de *Lucia*?![4] ¡¿Y Chopin?! ¿Y *Robert*?[5] A menudo pienso… —se detuvo un instante como intentando ordenar sus ideas—que si Beethoven estuviera vivo lloraría de felicidad, se lo puedo asegurar, al oír *La sonámbula*. En todos lados hay cosas bellas. Yo escuché *La sonámbula* por primera vez cuando Viardot y Rubini estuvieron aquí.[6] Fue…—dijo con los ojos brillantes y haciendo con ambas manos el gesto de arrancarse algo del pecho—. Un poco más y habría sido imposible soportarlo.

—Y hoy en día, ¿qué le parece la ópera?

—Bosio es buena,[7] muy buena—respondió—, extraordinariamente distinguida, pero aquí no llega—dijo, señalándose el pecho caído—. A una cantante le hace falta pasión, y ella no la tiene. Ella alegra, pero no atormenta.

—Bueno, ¿y Lablache?[8]

—Lo escuché en *El barbero de Sevilla*[9] cuando estaba en París; en ese momento era único, pero ahora ya es viejo, ya no puede estar en los escenarios, es un hombre viejo.

—¿Y qué más da que sea viejo? Sigue siendo muy bueno en los *morceaux d'ensemble* ['concertantes']—replicó Delésov, que cuando hablaba de Lablache siempre decía esta frase.

—¿Cómo que qué más da que sea viejo?—protestó Albert severo—. Un artista no debe ser viejo. No puede ser viejo. El arte necesita de muchas cosas, pero sobre todo del fuego—dijo echando chispas por los ojos y levantando los brazos al cielo.

Y, en efecto, un terrible fuego interno ardía en toda su persona.

—¡Ah, Dios mío!—dijo de pronto—. ¿Conoce usted a Petrov, el pintor?

—No, no lo conozco—respondió Delésov sonriendo.

—¡Cómo me gustaría que lo conociera! Le resultaría muy agradable conversar con él. ¡También entiende de arte! Antes solíamos encontrarnos en casa de Anna Ivánovna, pero ahora, no sé por qué motivo, ella está enojada con él. Con todo, a mí me gustaría tanto que usted lo conociera. Es un gran, gran talento.

—¿Pinta cuadros?

—No sé; no, creo que no. Pero fue pintor de la Academia. ¡Qué ideas tiene! A veces, cuando habla, es sorprendente. ¡Oh, Petrov es de verdad un gran talento! Pero lleva una vida muy alegre. Es una pena—añadió Albert sonriendo. Luego se levantó de la cama, tomó su violín y se puso a afinarlo.

—Dígame, ¿hace mucho que no ha ido a la ópera?—le preguntó Delésov.

Albert miró alrededor y lanzó un suspiro.

—Ah, ya no puedo ir—dijo tomándose la cabeza entre las manos. De nuevo se sentó cerca de Delésov—. Le cuento—dijo casi en un susurro—. Ya no puedo ir y ya no puedo tocar ahí, no tengo nada, nada: no tengo ropa, no tengo apartamento, no tengo violín. ¡Una vida miserable! ¡Miserable!—repitió varias veces—. ¿Y para qué ir? ¿Para qué? No vale la pena—dijo sonriendo—. ¡Ah, *Don Juan*!—y se dio unos golpes en la cabeza.

—Pues vayamos juntos un día de éstos—propuso Delésov.

Albert, sin contestar, se levantó de un salto, tomó el violín y comenzó a tocar el final del primer acto de *Don Juan*, contando con sus propias palabras la trama de la ópera.

Delésov sintió que se le erizaba el pelo cuando el músico interpretó la voz del comendador en agonía.

—No, ahora no puedo tocar—dijo de pronto, poniendo el violín a un lado—, he bebido mucho.

Pero no acababa de decirlo cuando se acercó a la mesa, llenó una copa de vino, se la bebió de un trago y de nuevo fue a sentarse en la cama junto a Delésov.

Delésov miraba a Albert sin quitarle la vista de encima. Albert de tanto en tanto le sonreía, y Delésov también sonreía. Ambos guardaban silencio, pero la mirada y la sonrisa iban creando entre ellos una relación de afecto. Delésov sentía que amaba cada vez más a ese hombre y experimentaba una alegría incomprensible.

—¿Alguna vez ha estado usted enamorado? —le preguntó de pronto.

Albert lo pensó unos segundos, luego su rostro se iluminó con una sonrisa triste. Se inclinó hacia Delésov y lo miró fijamente a los ojos.

—¿Por qué me ha preguntado eso?—dijo casi en un susurro—. Pero sí, se lo voy a contar todo, usted me resulta simpático—continuó después de haber detenido en él sus ojos un momento y de haber lanzado luego una mirada alrededor—.

No lo voy a engañar, se lo contaré todo, desde el principio. —Guardó silencio un instante y sus ojos se quedaron fijos de una forma extraña, salvaje—. Usted sabe que no estoy muy bien de la cabeza —dijo de pronto—. Sí, sí, seguramente Anna Ivánovna se lo habrá comentado. ¡A todo el mundo le dice que estoy loco! No es verdad, lo dice de broma, es una buena mujer. Pero es cierto que de un tiempo a esta parte no estoy del todo bien.

Albert guardó silencio de nuevo y se quedó mirando la puerta oscura con los ojos muy abiertos.

—¿Me pregunta si he estado enamorado? Sí, estuve enamorado —susurró levantando las cejas—. Pero fue hace mucho tiempo, en la época en que tenía un puesto en el teatro. Era segundo violín en la ópera, y ella acudía a un palco reservado en el lado izquierdo.

Albert se levantó y luego se inclinó hasta la oreja de Delésov.

—No, no hay por qué nombrarla. Usted seguramente la conoce, todos la conocen. Yo no decía nada, sólo la miraba; yo me sabía un artista pobre y a ella, una dama de la aristocracia. Lo sabía muy bien. Únicamente la miraba sin pensar en nada.

Albert se quedó pensativo, recordando.

—Cómo ocurrió, no lo recuerdo; pero en una ocasión me invitaron a acompañarla con el violín. ¡A mí, un pobre artista!—dijo moviendo la cabeza y sonriendo—. Pero no, no sé contar las cosas, no lo hago bien…—añadió, tomándose la cabeza con las manos—. ¡Qué feliz fui!

—¿Y fue con frecuencia a su casa?—preguntó Delésov.

—Una vez, una sola vez…, pero la culpa es mía, me volví loco. Yo soy un artista pobre y ella una dama de la aristocracia. No tenía que haberle dicho nada. Pero perdí la cabeza e hice una tontería. Y a partir de entonces todo terminó para mí. Petrov tenía razón: habría sido mejor si sólo la hubiera visto en el teatro…

—¿Pero qué fue lo que hizo?—preguntó Delésov.

—No, permítame, permítame; es algo que no puedo contar.

Y cubriéndose el rostro con las manos se quedó callado unos instantes.

—Llegué tarde a la orquesta. Había estado bebiendo con Petrov esa noche y me sentía un poco confuso. Ella estaba sentada en su palco y hablaba con un general. No sé quién era ese general. Estaba sentada al borde y tenía los brazos apoyados en el antepecho. Llevaba un vestido blanco y perlas en el cuello. Hablaba con él y me miraba. Me miró dos veces. Iba peinada más o menos así. Yo no estaba tocando, estaba de pie al lado del contrabajo y miraba. En ese momento, por primera vez, me ocurrió algo extraño. Ella le sonrió al general y me miró. Tuve la sensación de que estaba hablando de mí, y de pronto me percaté de que ya no estaba con la orquesta sino en el palco, de que me encontraba a su lado y la tomaba del brazo. ¿Qué significaba eso?—preguntó Albert después de permanecer en silencio un instante.

—Es el poder de la imaginación—dijo Delésov.

—No, no… Pero es que no sé contarlo bien —respondió Albert frunciendo el ceño—. Ya en ese momento yo era pobre, no tenía apartamento, y cuando iba al teatro a veces me quedaba allí a dormir.

—¿Cómo? ¿En el teatro? ¿En la sala oscura y vacía?

—¡Ah!, de esas bobadas yo no tengo miedo. Pero espere. Le cuento. Cuando el público ya se había ido, yo me dirigía al palco en el que ella había estado sentada y dormía allí. Era mi única alegría. ¡Qué noches pasé en ese lugar! Pero un día todo volvió a empezar. Comencé a ver un montón de cosas por las noches, pero no le puedo decir demasiado. —Albert bajó la vista y se quedó mirando a Delésov—. ¿Qué significa eso?—preguntó.

—¡Qué extraño!—dijo Delésov.

—¡No, permítame, permítame!—continuó susurrándole al oído—. Le besé la mano, lloré ahí de pie junto a ella, y hablamos un buen rato. Sentí el aroma de su perfume, escuché su voz. Me dijo muchas cosas en una sola noche. Luego tomé el violín y poco a poco comencé a tocar. Y toqué espléndidamente bien. Pero sentí miedo. No suelo tener miedo de esas bobadas, ni creo en ellas; pero temí por mi cabeza—dijo sonriendo amablemente y tocándose la frente con la mano—, temí por mi pobre inteligencia, tuve la impresión de que algo le había ocurrido a mi cabeza. Tal vez no sea nada… ¿Usted qué opina?

Ambos guardaron silencio unos instantes.

Und wenn die Wolken sie verhüllen,
Die Sonne bleibt doch ewig klar.

['Aunque las nubes lo cubran | el sol siempre brillará'],

entonó Albert sonriendo dulcemente.

—¿No es cierto?—añadió.

89

Ich auch habe gelebt und genossen.

['También yo viví y gocé'].

¡Ah! El viejo Petrov, lo bien que le habría explicado a usted todo esto.

Delésov, en silencio, miraba asustado el rostro pálido y demudado de su interlocutor.

—¿Conoce usted el *Juristen Waltzer*?—gritó de pronto Albert, y, sin esperar la respuesta, saltó, tomó el violín y comenzó a tocar un alegre vals. Completamente entregado a su interpretación y, al parecer, imaginando que toda una orquesta lo acompañaba, Albert sonreía, se balanceaba, cambiaba de pie y tocaba prodigiosamente bien.

—Bueno, ¡basta de diversión!—dijo agitando el violín una vez que hubo terminado—. Me voy—anunció después de haber estado sentado unos instantes en silencio—. ¿Usted no viene?

—¿Adónde?—preguntó Delésov sorprendido.

—Volvamos a casa de Anna Ivánovna, ahí se la pasa uno de lo lindo: hay alboroto, gente, música.

Delésov, en un primer momento, estuvo a punto de aceptar. Pero, tras recapacitar, intentó convencer a Albert de no ir esa noche.

—Sólo será un momento.

—Hágame caso, no vaya.

Albert suspiró y dejó el violín a un lado.

—Entonces, ¿nos quedamos?

Echó una mirada a la mesa (ya no había vino) y, después de haberle deseado buenas noches a Delésov, salió.

Delésov llamó a Zajar.

—Atención, no dejes salir al señor Albert sin preguntarme antes.

VI

El día siguiente era festivo. Delésov estaba sentado en la sala con una taza de café, leyendo un libro. En la habitación de al lado, Albert aún no se había movido.

Zajar abrió con mucho cuidado la puerta del comedor y echó un vistazo.

—¿Me creerá usted, Dmitri Ivánovich, si le digo que está dormido en el sofá pelado? No dejó que se le pusieran sábanas, se lo juro. Como un niño pequeño. Sin duda alguna es un artista.

Pasadas las once, detrás de la puerta, se le oyó carraspear y toser.

Zajar entró de nuevo en el comedor y el señor

oyó la voz dulce de Zajar y la voz débil e implorante de Albert.

—¿Y bien?—le preguntó el señor a Zajar cuando volvió.

—Está triste, Dmitri Ivánovich. No quiere lavarse y tiene un aire sombrío. Pide constantemente de beber.

«No, ya que me he metido en esto, ahora debo mantenerme firme», se dijo Delésov.

Y después de ordenar que no se le diera vino volvió a su libro, aunque, muy a su pesar, prestando oído a lo que ocurría en el comedor. No se percibía ningún movimiento, sólo se oía, de tanto en tanto, una fuerte tos cavernosa y flemas. Pasaron dos horas. Delésov, ya con el abrigo puesto para salir de casa, decidió pasar a ver a su huésped. Albert estaba sentado junto a la ventana, inmóvil, la cabeza baja entre las manos. Se giró. Tenía el rostro amarillento, arrugado, y no sólo afligido, sino profundamente desdichado. Intentó sonreír a modo de saludo, pero su cara adquirió una expresión aún más dolorosa. Parecía que estuviese a punto de llorar. Se levantó con dificultad e hizo una reverencia.

—Si pudiera tomarme una copita de vodka,

simple vodka—dijo con expresión implorante—. Estoy tan débil. ¡Por favor!

—Será mejor un café para reanimarlo. Es lo
que yo le aconsejaría.

El rostro de Albert perdió de pronto su expresión infantil. Dirigió una mirada fría y opaca a
la ventana y se dejó caer débilmente en su silla.

—¿O quizá prefiera desayunar?

—No, gracias, no tengo apetito.

—Si quiere tocar el violín, a mí no me moles-
ta—dijo Delésov colocando el instrumento sobre la mesa.

Albert miró el violín con una sonrisa de des-
precio.

—No, estoy demasiado débil, no puedo tocar—respondió apartando el instrumento.

A partir de entonces, a cualquier propuesta
que Delésov hiciera, como salir a dar una vuelta e ir al teatro por la noche, Albert inclinaba
dócilmente la cabeza y guardaba un obstinado
silencio. Delésov salió, hizo varias visitas, cenó
con amigos y, antes de ir al teatro, pasó por su
casa para cambiarse de ropa y ver qué hacía el
músico. Albert estaba sentado en la penumbra
del recibidor y, con la cabeza apoyada en las manos, miraba la estufa encendida. Estaba pulcra-

mente vestido, lavado y peinado, pero sus ojos se veían opacos y sin vida, y su silueta entera traslucía una debilidad y un agotamiento aún mayores que por la mañana.

—¿Qué? ¿Ha comido usted, señor Albert? —preguntó Delésov.

Albert asintió con la cabeza y miró a Delésov a la cara, pero rápidamente bajó los ojos asustado.

Delésov se sintió incómodo.

—Acabo de hablarle de usted al director—dijo bajando también él los ojos—. Le dará mucho gusto recibirlo y oírlo tocar, si usted acepta que lo escuche.

—Gracias, pero no puedo—barboteó Albert, y se retiró a su habitación haciendo el menor ruido posible al cerrar la puerta.

Al cabo de unos minutos, el picaporte de la puerta volvió a girar sin ruido y el músico salió de su habitación con el violín. Lanzando una mirada rápida y resentida a Delésov, dejó el instrumento sobre una silla y se encerró de nuevo.

Delésov alzó los hombros y sonrió.

«¿Qué más puedo hacer? ¿De qué soy culpable?», pensó.

—¿Cómo va el músico?—fue la primera pregunta que hizo cuando volvió a su casa tarde por la noche.

—¡Mal!—respondió Zajar sucinta y rotundamente—. Sólo suspira, tose y no dice una sola palabra... Habla apenas para pedirme vodka, como cinco veces me lo pidió. Acabé por darle una copita. No vayamos a causarle un mal mayor, Dmitri Ivánovich. Acuérdese de ese administrador...

—¿Y no ha tocado el violín?

—Ni se le acerca. Se lo llevé dos veces, lo recibe y luego lo saca de la habitación sin hacer ruido—respondió Zajar sonriendo—. Entonces, ¿no quiere que le demos algo de beber?

—No, esperemos un día más, veamos qué pasa. ¿Y ahora qué está haciendo?

—Se ha encerrado en la sala.

Delésov fue a su despacho, sacó de la librería varios volúmenes en francés y un Evangelio en alemán.

—Mañana pones esto en su habitación, pero, sobre todo, no lo dejes salir—le dijo a Zajar.

A la mañana siguiente Zajar le informó a su señor que el músico no había dormido en toda la noche: había deambulado de una habitación a otra, había entrado en la despensa y había intentado abrir un aparador y una puerta, pero que todo, gracias a sus buenos oficios, estaba bien cerrado. Zajar le contó que, fingiéndose dormido, había oído a Albert farfullar algo en la oscuridad mientras agitaba los brazos de un lado al otro.

Día con día el músico estaba más sombrío y taciturno. Parecía tener miedo de Delésov, y un temor enfermizo se apoderaba de su rostro cuando sus miradas se encontraban. No tocaba ni los libros ni el violín y no respondía a las preguntas que se le hacían.

Al tercer día de tener al músico en su casa, Delésov llegó tarde, exhausto y atribulado. Se había pasado el día dando vueltas de un lado al otro, ocupándose de un asunto que había creído fácil y sencillo, pero que, como suele suceder, no había conseguido que avanzara ni un ápice pese a su tenaz esfuerzo. Además, había ido al club y había perdido a las cartas jugando al *whist*. Estaba de mal humor.

—¡Que haga lo que quiera!—le respondió a Zajar, que le estaba explicando en qué triste estado se encontraba Albert—. Mañana haré que me diga si quiere o no quedarse en mi casa y hacer caso de mis consejos. Si no quiere, allá él. Creo que he hecho todo lo que he podido.

«¡Esto es lo que saca uno por hacer el bien! —se dijo a sí mismo—. Por él me privo de una habitación, tengo viviendo en mi casa a una persona mugrienta, de modo que por las mañanas no puedo recibir ninguna visita; hago diligencias, y corro de un lado a otro para ayudarlo, y él me mira como a un malvado que, para su propio deleite, lo mantiene encerrado en una jaula. Y lo peor es que no quiere hacer absolutamente nada para sí mismo. Así son todos. —Y con este *todos* designaba a las personas en general y, en particular, a aquellos con los que había tenido que tratar durante el día—. ¿Y qué está pasando con él ahora? ¿En qué piensa? ¿Qué lo hace estar tan triste? ¿Añora el libertinaje del que yo lo he arrancado? ¿La humillación en la que se encontraba? ¿La miseria de la que lo he salvado? Al parecer ha caído tan bajo que le resulta difícil soportar el espectáculo de una vida honorable... No, esto ha sido una chiquillada —decidió Delésov—. Quién soy yo para corregir a los otros cuando apenas logro salir adelante yo mismo».

En ese momento estaba a punto de dejar que

se fuera, pero tras pensarlo unos segundos, aplazó la decisión para el día siguiente.

Por la noche, el ruido de una mesa que se había caído en el vestíbulo y el sonido de voces y pasos despertaron a Delésov. Encendió su vela y, sorprendido, se quedó escuchando…

—Espere, voy a decírselo a Dmitri Ivánovich—decía Zajar.

La voz de Albert farfullaba palabras acaloradas y sin ilación. Delésov se levantó de un salto y, con la vela en la mano, corrió al vestíbulo. Zajar, en ropa de dormir, estaba delante de la puerta. Albert, con el sombrero y la capa puestos, trataba de apartarlo de la puerta y gritaba con una voz lacrimosa:

—¡No puede impedirme salir! ¡Tengo un pasaporte, no he robado nada en esta casa! ¡Puede registrarme! ¡Iré a ver al comisario de policía!

—¡Le explico, Dmitri Ivánovich!—dijo Zajar dirigiéndose a su señor sin dejar de cubrir la puerta con la espalda—. El señor se levantó por la noche, encontró la llave en mi abrigo y se bebió una jarra entera de vodka. ¿Le parece bien? Y ahora quiere irse. Usted no lo ha ordenado y yo no puedo dejarlo salir.

Al ver a Delésov, Albert la tomó más enconadamente contra Zajar.

—¡Nadie puede retenerme! ¡Nadie tiene el derecho!—gritaba alzando la voz cada vez más.

—Apártate, Zajar—ordenó Delésov—. No puedo ni quiero retenerlo, pero le aconsejaría que se quedase hasta mañana—dijo dirigiéndose a Albert.

—¡Nadie puede retenerme! ¡Iré a ver al comisario de policía!—gritaba Albert cada vez más fuerte, dirigiéndose siempre a Zajar y sin mirar a Delésov—. ¡Guardia!—aulló de pronto con una voz transfigurada, frenética.

—¿Por qué grita de ese modo? Aquí nadie lo retiene—dijo Zajar abriendo la puerta.

Albert dejó de gritar.

—No lo logró, ¿eh? Quería acabar conmigo. ¡Pues no!—farfullaba mientras se ponía los chanclos. Sin despedirse y mascullando aún algo incomprensible cruzó la puerta. Zajar le alumbró el camino hasta la cancela y volvió.

—¡Bendito sea Dios, Dmitri Ivánovich! De otro modo podrían haber acabado mal las cosas—le dijo a su señor—. Ahora hay que comprobar los objetos de plata.

Delésov asintió con la cabeza, pero no respondió nada. En ese momento se acordó muy vivamente de las dos primeras veladas que había pasado en compañía del músico, recordó los días aciagos que por su culpa había pasado Albert ahí y, sobre todo, se acordó de ese dulce sentimiento, mezcla de asombro, amor y compasión, que en un principio había despertado en él ese hombre extraño y sintió pena. «¿Qué será de él ahora?—pensó—. Sin dinero, sin ropa caliente, solo en medio de la noche…». Estuvo a punto de enviar a Zajar a buscarlo, pero ya era tarde.

—¿Hace frío fuera?—preguntó.

—Está helando, Dmitri Ivánovich—respondió Zajar—. Había olvidado comentarle que habrá que comprar leña antes de la primavera.

—¿No me habías dicho que quedaría?

VII

En efecto, afuera hacía frío, pero Albert no lo sentía, tan acalorado estaba por el alcohol que había bebido y por la disputa.

Una vez en la calle, miró a su alrededor y se frotó las manos con alegría. No había un alma, pero una larga hilera de farolas aún brillaba con luces rojas, y el cielo lucía claro y constelado. «¿Qué?», dijo dirigiéndose a la ventana iluminada del apartamento de Delésov, y metiendo las manos en los bolsillos del pantalón por debajo del abrigo e inclinándose hacia delante giró a la derecha con pasos pesados e inseguros. Sentía en las piernas y en el estómago una pesadez extrema, le zumbaba la cabeza, una fuerza invisible hacía que se tambaleara a un lado y al otro, pero él continuaba avanzando en dirección al apartamento de Anna Ivánovna. Por su cabeza vagaban pensamientos extraños, inconexos. Ya se acordaba de la última disputa con Zajar; ya, sabe Dios por qué, del mar y de su llegada en barco a Rusia; ya de la noche feliz que había compartido con un amigo en un banco frente al que pasaba; ya comenzaba de pronto a sonar en su imaginación una conocida melodía y él recordaba al objeto de su pasión y la terrible noche vivida en el teatro. Pero, pese a su incoherencia, todos esos recuerdos se presentaban con tanta claridad en su imaginación que, cerrando los ojos, ya no sabía qué era más real, si lo que hacía o lo que pensaba. No se daba cuenta de los movimientos que realizaban sus piernas, ni de cómo, cuando se tambaleaba, chocaba con las paredes, ni de cómo miraba a su alrededor y pasaba de una calle a otra. Sólo se daba cuenta de lo que, entremezclándose y confundiéndose de manera caprichosa, imaginaba.

Mientras caminaba por la Málaia Morskaia,[10] Albert se tropezó y cayó. En un momento de lucidez, vio frente a él un edificio inmenso y espléndido, y continuó andando. En el cielo no se veían ni las estrellas, ni el alba, ni la luna, tampoco había farolas, pero todos los objetos se perfilaban nítidamente. En las ventanas del edificio que se alzaba al fondo de la calle había algunas luces, pero esas luces vacilaban como reflejos. El edificio se erguía frente a Albert, cada vez más cerca, cada vez más nítido. Pero las luces desaparecieron en cuanto él entró por la ancha puerta. Dentro estaba oscuro. Sus pasos solitarios resonaban bajo las bóvedas, y algunas sombras misteriosas, deslizándose, huían conforme él avanzaba. «¿Para qué vine aquí?», pensó Albert; pero una fuerza irresistible lo tiraba hacia delante, lo llevaba a penetrar en la inmensa sala… Ahí había una especie de estrado, alrededor del cual estaban en silencio varias personas pequeñas. «¿Quién va a hablar?», preguntó Albert. Nadie le respondió, únicamente uno le señaló el estrado donde se encontraba un hombre alto y enjuto, con el pelo hirsuto y un batín abigarrado. Albert reconoció inmediatamente a su amigo Petrov. «¡Qué raro que esté aquí!», pensó.

—No, hermanos—decía Petrov señalando a alguien—. No fueron capaces de comprender a un hombre que vivió entre ustedes. ¡No, no lo comprendieron! No era un artista venal, ni un intérprete mecánico, ni un loco, ni un hombre perdido. Era un genio, un gran genio musical que murió entre ustedes sin ser ni reconocido ni valorado.

Albert entendió enseguida de quién estaba hablando su amigo; pero, no queriendo cohibirlo, bajó la cabeza con modestia.

—Como una brizna de paja se consumió bajo el efecto del fuego sagrado al que todos servimos—continuaba la voz—, pero cumplió con todo lo que Dios había sembrado en él. Por lo tanto, debemos considerarlo un gran hombre. Lo despreciaron, lo atormentaron, lo humillaron—seguía cada vez más alto—, pero él fue, es y será inconmensurablemente superior a todos ustedes. Es un hombre feliz, es bueno. O los ama o los desprecia a todos por igual, da lo mismo, pero está al servicio únicamente de aquello que en él es un don del cielo. Ama una sola cosa: la belleza, el único bien incontestable que existe en el mundo. ¡Sí, ése es él! Arrodíllense frente a él. ¡De rodillas!—gritó.

Pero otra voz se dejó oír débilmente del lado opuesto de la sala.

—No me quiero arrodillar frente a él—decía la voz, en la que Albert de inmediato reconoció a Delésov—. ¿En qué es grande? ¿Y por qué debemos arrodillarnos frente a él? ¿Acaso se comportó de manera honesta y justa? ¿Acaso hizo algo por la sociedad? ¿Acaso no sabemos que pedía dinero prestado y no lo devolvía? ¿Que se llevó el violín de uno de sus colegas de la orquesta y lo empeñó?…

«Dios mío, ¿cómo sabe todo esto?», pensó Albert, y bajó la cabeza todavía más.

—¿Acaso no sabemos que adulaba a las personas más despreciables y que las adulaba por dinero?—seguía Delésov—. ¿No sabemos que lo echaron del teatro? ¿Que Anna Ivánovna quiso entregarlo a la policía?

«¡Dios mío! Todo esto es cierto, pero defiéndeme—dijo Albert—, sólo tú sabes por qué lo hice».

—Basta, ¿no le da vergüenza?—dijo de nuevo

la voz de Petrov—. ¿Con qué derecho lo acusa? ¿Acaso vivió usted su vida? ¿Conoció usted sus arrobamientos?

—¡Así es! ¡Así es!—susurró Albert.

—El arte es la manifestación más elevada de la grandeza humana. Le es concedido a unos pocos elegidos y los eleva a una altura tan grande que la cabeza les da vueltas y les es difícil mantenerse cuerdos. En el arte, como en todo combate, hay héroes que entregan todo a su servicio y que pierden la vida sin haber logrado su objetivo.

Petrov guardó silencio y Albert levantó la cabeza dispuesto a gritar: «¡Es cierto! ¡Es cierto!», pero su voz se congeló sin emitir ningún sonido.

—Esto no es de su incumbencia—dijo con severidad el pintor Petrov—. Sí, humíllenlo, desprécienlo—continuó—, pero de todos nosotros él es el mejor y el más feliz.

Albert, que había escuchado aquellas palabras con el alma alborozada, no pudo contenerse, se acercó a su amigo y quiso darle un beso.

—¡Largo, no te conozco!—respondió Petrov—. Sigue tu camino o no llegarás…

—¡Pero mira en qué estado te encuentras! No llegarás jamás—gritó el guardia desde la encrucijada.

Albert se detuvo, hizo acopio de todas sus fuerzas e, intentando no tambalearse, dio vuelta en el callejón.

Quedaban sólo unos pasos hasta la casa de Anna Ivánovna. La luz del zaguán caía sobre la nieve del patio y, junto a la puerta, había trineos y carruajes estacionados.

Aferrándose al barandal con sus manos congeladas, subió rápidamente la escalera y llamó.

La cara soñolienta de la criada asomó por el ventanuco de la puerta y dirigió una mirada furiosa a Albert.

—Ni hablar—gritó—, tengo órdenes de no recibirlo. —Y de un golpazo cerró el ventanuco.

Hasta la escalera llegaba el sonido de la música y de voces femeninas. Albert se sentó en el suelo, apoyó la cabeza contra la pared y cerró los ojos. En ese mismo momento hordas de visiones inconexas pero emparentadas entre sí lo rodearon con nueva fuerza, lo acogieron en su oleaje y se lo llevaron lejos, a los dominios libres y maravillosos de los ensueños. «Él es el mejor y el más feliz», resonaba involuntariamente en su imaginación. A través de la puerta se oían los compases de una polka. ¡También estos sonidos decían que él era el mejor y el más feliz! En una iglesia cercana se oyó un repique de campanas que decía: «¡Sí, es el mejor y el más feliz!». «Pero voy a volver a la sala—pensó Albert—, Petrov tiene todavía muchas cosas que decirme». En la sala ya no había nadie, y en lugar del pintor Petrov era el propio Albert quien estaba en el estrado interpretando con su violín lo mismo que la voz había dicho antes. Pero el violín era de una fabricación extraña: estaba hecho de cristal. Y había que ceñirlo con los dos brazos y apretarlo poco a poco sobre el pecho para que produjera sonidos. Los sonidos eran de una dulzura y de una belleza como jamás antes había escuchado Albert. Cuanto más apretaba el violín contra su pecho, más lleno se sentía de un sentimiento de felicidad y dulzura. Cuanto mayor era el volumen de los sonidos, más rápido se dispersaban las sombras y más se iluminaban las paredes de la sala con una luz muy diáfana. Pero el violín había que tocarlo con mucho cuidado para no aplastarlo. Albert tocaba el instrumento de cristal con mucho cuidado y habilidad. Interpretaba piezas que, creía, nadie escucharía nunca más. Comenzaba a cansarse cuando a lo lejos se oyó un sonido sordo que lo distrajo. Era el sonido de una campana, pero un sonido que pronunció las siguientes palabras: «Sí—dijo la campana, tañendo lejos y en lo alto—. ¡A ustedes les parece un ser digno de lástima, lo desprecian, pero es el mejor y el más feliz! Nunca nadie volverá a tocar con este instrumento».

Estas conocidas palabras de pronto le parecieron a Albert tan inteligentes, tan nuevas y tan justas que dejó de tocar e, intentando no moverse, elevó los brazos y los ojos al cielo. Se sentía un hombre magnífico y feliz. Pese a que en la sala no había nadie, Albert levantó el torso y, elevando con orgullo la cabeza, se colocó en el estrado de tal manera que todo el mundo pudiera verlo. De pronto, una mano le rozó el hombro; él se volvió y, en medio de la penumbra, vio a una mujer. Ella lo miraba triste, negando con la cabeza. Él comprendió de inmediato que lo que hacía estaba mal y se avergonzó de sí mismo. «¿Adónde?», le preguntó él a ella. Ella de nuevo lo miró larga, fijamente y, afligida, bajó la cabeza. Era ella, justamente aquella a la que había amado, y su vestido también era el mismo, y sobre su blanco cuello torneado llevaba un hilo de perlas y sus adorables brazos estaban desnudos hasta más allá del codo. Ella lo tomó de la mano y lo condujo fuera de la sala: «La salida está al otro lado», dijo Albert, pero ella, sin responder, sonrió y lo hizo salir.

En el umbral, Albert vio la luna y vio agua. Pero el agua no estaba abajo, como por lo general sucede, y la luna no estaba en lo alto: un círculo blanco en un lugar determinado, como por lo general sucede. La luna y el agua estaban juntas y por doquier: en lo alto, abajo, a un lado y alrededor de ambos. Albert se lanzó junto con ella a la luna y al agua, y comprendió que ahora podía abrazar a aquella que amaba más que a nada en el mundo; la abrazó y sintió una felicidad intolerable. «¿No estaré soñando?», se preguntó. ¡Pero no! Era la realidad, era más que la realidad misma: eran la realidad y el recuerdo juntos. Sentía que esa felicidad indescriptible con la que se deleitaba en ese momento ya había pasado y no volvería jamás. «¿Por qué estoy llorando?», le preguntó él a ella. Ella lo miró en silencio, con tristeza. Albert entendió lo que ella quería decir con eso. «Pero por qué, si estoy vivo», pronunció. Ella, sin responder, inmóvil, miraba hacia delante. «¡Es terrible! ¿Cómo hacerle entender que estoy vivo? —pensó asustado—. ¡Dios mío! Pero si estoy vivo, entiéndame», susurró.

«Es el mejor y el más feliz», decía la voz. Pero Albert se sentía cada vez más abrumado por algo. No sabía si era la luna y el agua, si eran sus abrazos o las lágrimas, pero sentía que no le daría tiempo de decir todo lo que había que decir, que pronto terminaría todo.

Dos invitados que salían de casa de Anna Ivánovna tropezaron con Albert, tendido cuan largo era en el umbral. Uno de ellos volvió y llamó a la dueña de la casa.

—Es inhumano—dijo—, podría haber muerto de frío.

—¡Ah, estoy harta de este Albert, me tiene hasta aquí!—replicó la dueña de casa—. ¡Ánnushka!, acuéstenlo en algún lugar en la habitación!—dijo dirigiéndose a la criada.

—Estoy vivo, ¿por qué quieren enterrarme? —balbuceaba Albert al tiempo que, inconsciente, lo metían en la habitación.

28 de febrero de 1858

NOTAS DE LA TRADUCTORA

[1] John Murray, célebre editor inglés de guías turísticas.

[2] Iván Isler (1810-1877), propietario de un negocio de aguas minerales artificiales y de un café cantante situados cerca de San Petersburgo.

[3] *La sonámbula*, ópera de Vincenzo Bellini (1801-1835).

[4] *Lucia de Lammermoor*, ópera de Gaetano Donizetti (1797-1848).

[5] *Robert el diablo*, ópera de Giacomo Meyerbeer (1791-1864).

[6] Pauline Viardot-García (1821-1910), célebre mezzosoprano, amiga de Iván Turguéniev. Giovanni Battista Rubini (1794-1854), legendario tenor de ópera italiano.

[7] Angelina Bosio (1824-1859), cantante italiana, muerta en San Petersburgo a causa de un terrible resfriado. Mandelstam la evocará en *El sello egipcio* y en uno de los poemas de *Tristia*.

[8] Luigi Lablache (1794-1858), célebre bajo italiano.

[9] *El barbero de Sevilla*, ópera de Gioachino Rossini (1792-1868).

[10] Calle del centro histórico de San Petersburgo. Hasta la Revolución de 1917 era una de las más elegantes de la ciudad.

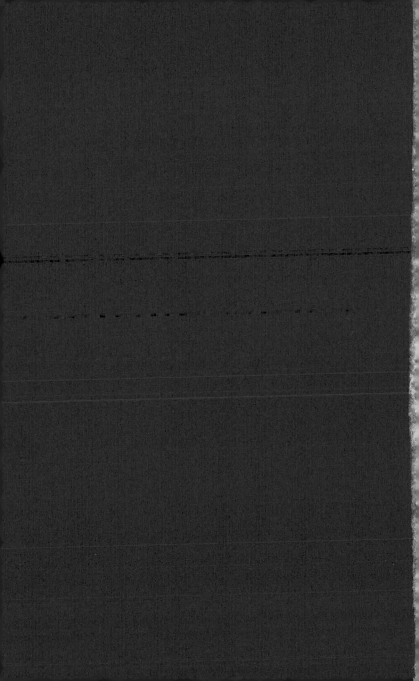